漫无目的的爱

AIMLESS
LOVE

比利·柯林斯
诗选

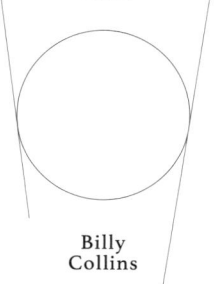

Billy
Collins

[美]比利·柯林斯 著
唐小兵 译

上海文艺出版社
Shanghai Literature & Art Publishing House

献给那些让我的诗得以面世的编辑们，尤其是

David Ebershoff

Daniel Menaker

Ed Ochester

Joseph Parisi

Don Paterson

Miller Williams

小小的灵魂

小小的迷路人

小小的漂泊者

面容苍白,形单影只

从此你将栖身何方

是否记得

你曾如此嘲笑一切?

—— 罗马皇帝哈德良

目 录

译者序   i
读者   01

选自《九匹马》（2002）

乡下   3
速度   5
"胜似女人"   8
漫无目的的爱   11
缺席   14
乐雅贵族   16
巴黎   19
伊斯坦布尔   23
爱   27
讣告栏   30
今天   33

生灵	35
临界点	38
九匹马	40
冗长的清单	43
文学生活	46
阴间写作	49
无暇	52
驼鹿河瀑布	53
圣诞节的麻雀	55
惊喜	58
诗歌	60

选自《诗歌的困扰》(2005)

星期一	65
公园里的雕像	68
房子	71
漫长的一天	74
傍晚	76
羊群	78
被炸掉脸的楼房	80

挂绳	83
朝着雕像射击的男孩	86
天才	88
今日要务	90
离心机	92
亡灵	94
传递	97
哄哄我吧	98
诗歌的困扰	101

选自《子弹飞行研究》(2008)

色彩明亮的船,翻过来搁在查尔斯河沿岸	107
寻找	109
嗨起来	111
有四个月亮的地球	113
无物	115
第一晚	118
巴黎的一月	121
子弹飞行研究	125
色情画	127

希腊罗马的雕塑	129
地狱场景	132
度假中的河马	134
遗失	136
紧张气氛	138
金色年华	141
(局部)	143
格言	145
落荒而逃的雕像	147
宝宝听	149
浴缸家庭	152
那条鱼	154
一条狗论他的主人	156
了不起的美国诗	157
离婚	160
这只小猪猪去了菜场	161
中餐馆里独自用餐的老人	163
我的天哪!	165
未来	166
使者	168

选自《死者的星象》(2011)

坟墓	173
巴勒摩	176
终有一死	179
来客	181
黄金	183
创世纪	185
死者的星象	187
地狱	191
有关鸟的问题	193
水彩	195
为三一学校三百周年校庆而作	196
没人坐的椅子	198
背诵约翰·多恩的《日出》	200
我未出生的孩子们	203
宿醉	206
餐桌闲谈	208
传送	211
她的话	212
默画你的肖像	214

墓地骑车行	216
湖畔	219
我的英雄	221
西礁岛一家旧雪茄厂里的诗歌工作坊	222
把铅笔放回盒子	224

新作

内布拉斯加的沙丘鹤	229
弃婴	231
天主教	233
卡拉拉	235
来自亚热带的报告	237
今日一课	239
漫步	241
倒霉的旅行者	243
独饮	245
写给我最喜爱的十七岁高中女孩	247
动物行为	249
林肯	251
写给安东尼·德沃夏克的短笺	253

周日散步	256
建议箱	258
奇力欧燕麦圈	261
窘状	263
神出鬼没	265
在一群刚刚抵达的旅客里找一位友人：十四行诗	267
挖掘	268
中央公园	270
鹗	273
此与彼	275
十九行诗	277
写于飞岬滩	279
写于赫里福德郡一村舍旁的花园	281
美国航空 371 航班	283
济慈：或者说我如何重拾了消极感受力	285
天体的音乐	287
往东	289
度假中的赫拉克利特	291
台灯颂	292
爱尔兰之诗	295
葬礼之后	297

最佳倒地	299
法兰西	302
虎视眈眈	303
六月的罗马	305
深海	308
俳句集里的作者简介	310
十二月的佛罗里达	313
独自用餐	315
走运的家伙	318
"我爱你"	320
不神圣的十四行诗（一）	323
这若是份工作，我会被解雇	325
黑暗中的朋友	327
圣诞节时飞过德州西部	330
最后一餐	332
转折词小议	333
名字	335
译注	339

译者序

比利·柯林斯（Billy Collins，1941—）在美国当代诗歌界是个现象级的人物，被广泛誉为屈指可数的"公众诗人"之一，而且是拥有最大读者群的公众诗人。他不仅把一本又一本诗集写成让人爱读的畅销书，还以他独特的谐趣和不动声色的幽默，把自己的诗歌朗读会搞得如同脱口秀、音乐会一样盛况空前，因而又被称作诗人中的摇滚明星。

《漫无目的的爱》原作出版于2013年，内容包括诗人从他2002至2011年间出版的四本诗集中遴选出来的90余首作品，以及新作51首。这是柯林斯迄今为止出的第二本自选集，集中了他本世纪前十余年的佳作，是一个很有代表性的读本。（诗人在 2001 年，也就是他 60 岁时，推出了第一个自选集《绕着房间独自航行》。两本自选集之外，他迄今已出版有 15 本诗集，其中最早的一本于 1977 年问世。）

从 2000 年至今，可说是柯林斯人气最旺的时期。2001 年，在纽约市一所文理学院的英语系任教多年的柯林斯，被美国国会图书馆任命为美国桂冠诗人，任期两年；随后，他又做了两年纽约州的桂冠诗人。在这四年及其后的好几年里，柯林斯先后客串过广播电台的综艺节目，跟电视台合作推出诗歌名作欣赏短片，跟著名音乐人同台对话、多地巡演，甚至还在一个儿童动画连续剧里露了一面，演他自己；除了继续在大学课堂和各地的诗歌工作坊讲授写作，他还策划了一个面向中学生的每日一诗网站，制作了一系列讨论诗歌写作和阅读的视频放到共享平台上。因此，柯林斯的"公众诗人"身份，不仅来自他的诗歌创作和政府文化机构的认可，也跟他以可观的能量，用各种不同的方式和媒介来普及、倡导和推动诗歌密切相关，同时，这些公益性质的文艺活动也给他带来了更广泛的读者。

在柯林斯迄今获得的众多荣誉和奖项里，颇具影响的美国诗歌基金会于 2004 年给他颁发了"马克·吐温幽默诗歌奖"，可谓独具慧眼。颁奖词赞扬柯林斯"把笑声带回到一个忧郁的艺术门类里"。"他让我们看到好的诗歌不必总是阴沉着脸……从东海岸到西海岸，他的朗读让各地的音乐厅济济一堂，很多人是在那里第一次发现了诗歌。"有趣的是，2005 年柯林斯曾在纽约的一个音乐厅举行了一场大规模的朗读活动，做开场白的是诗人的朋友、著名喜剧演员比尔·莫利（Bill Murray）；若干年之后，莫利本人也获得了肯尼迪表演艺术中心颁发的"马克·吐温美国幽默奖"。

幽默，或者说谐趣，确实是柯林斯诗歌创作的一大特色，可以说正是幽默让他的作品成为独具一格的美国当代诗歌。有评论者指出，柯林斯的诗歌，跟在美国盛行了几十年的诗歌风格大相径庭，因为他不追求诗句的隐晦跳跃，不崇尚那种"后浪漫兼超现实"的想象逻辑。也许正因为此，尽管柯林斯拥有大量读者，有"美国人最爱读的诗人"之称，但迄今为止，他还没有得到美国诗歌界一些顶尖大奖的青睐，比如由美国诗人协会召集著名诗人做评审的华莱士·史蒂文斯奖，由美国艺术文学院颁发的类似终身成就奖的诗歌类金质奖（他于2016年成为该院院士），或是每年以一本优秀诗集为表彰对象的普利策诗歌奖。这些大奖，正如诺贝尔文学奖，都比较庄重严肃，显然并不急于认可幽默诗歌或是通俗诗人。

* * *

对柯林斯来说，把幽默带进当代诗歌，让诗歌卸下让人肃然起敬的面孔，是一个很明确的艺术理念，并不是为了幽默而幽默，更不是用诗歌来搞笑。《漫无目的的爱》出版之后，柯林斯在一次采访中说，他读中学的时候就很想做一个诗人，但以为诗人都得很痛苦，虽然他天性快活，但还是想努力一把，结果只好做出很痛苦的样子，真正搞了一回"为赋新诗强说愁"。过了很久，他开始读到其他一些诗人，才知道诗歌可以很好玩，也才学会可以怎么用诗表达幽默。这些当时启发了他的诗人应该包括属于"垮掉的一代"的劳伦斯·费林盖蒂（Lawrence Ferlinghetti，1919—2021），如柯林斯在《诗歌的困扰》一诗中所提到的。在那次采访中，柯林斯还说，让别人觉得你幽默其实远比你一本正经要难，因为大家都可以装出一脸的严肃，比如上班坐办公室的时候，但"你无法装得很好笑"。

于是，我们不时就会看到柯林斯在他的诗里调侃那些愁眉苦脸或道貌岸然的诗人。比如《子弹飞行研究》这首诗，"我"看到一幅高速摄影作品记录下的子弹击穿一本书的那一刻，便马上猜想穿透的是哪本书，然后意识到"被处决的那本书／是不久前出版的一本诗集／作者是我不太感冒的某人"，"我"由此进而想象那颗子弹穿书而过时，

……
应该没有遇到什么阻力，
穿过讲述他可怜的童年的那些诗
那些哀叹世界是如此糟糕的诗，

然后再穿过作者的照片，

穿过他的络腮胡,圆形的眼镜,
还有他喜欢戴的特有的诗人帽子。

就这样,柯林斯把一个漫画化的诗人形象打得七零八落,颜面全无。在另一首诗里,他甚至直接提到一些当代(得了大奖的)诗人,说早上起来读了他们的作品觉得如此沉重,还不如穿了外套出去散一圈步。

柯林斯诗歌创作的核心关注甚至动力,正是诗歌本身。他深感兴趣的,是诗的去神秘化,是诗人的存在和形象的日常化,他幽默的对象常常是"我"自己和其他诗人,也包括读诗和写诗这些行为。他不会学究式地去谈论诗究竟是什么,而是描写和比喻诗可以做什么,不做什么或是做不到什么。(他早年写过一首《诗歌入门》,针砭——也可以说是揭发——各类诗歌课上常见的简单粗暴的读诗法。)在他的笔下,写诗是靠反复练习而形成的习惯,是一份职业或者功课,需要勤奋,有很多技法和借鉴,更是一种感知世界和发现生活的方式。

比如《速度》一诗是这样开始的:

那天早上我在餐车里把笔记本
摊开在腿上并拧下笔盖，
作家的模样十足，
包括脸上那个微微皱着的作家眉头，

但没有什么可写的
除了生和死
除了火车汽笛发出的低沉警示。
……

生和死，情和爱，永恒和变故，孤独和老年，这些都是柯林斯反复书写的内容。诗中不断出现的"我"，跟现实生活中的柯林斯——英语系教授，有幽默感的诗人，由中年进入老年的男人，爱尔兰裔，过着安稳舒适的中产阶级文化人的生活——可以说是高度重叠，难分难解，而不是诗人精心营造出来的另一个角色或自我，给自己戴上的一副面具。这个"我"谦和而不做作，谈吐机智幽默而又不乏深刻和犀利，面带善意的微笑，很少露出愁容或愤怒，当然也有含了讶异和无可奈何的苦笑，有时甚至是淘气的神色。他让我们跟他一起读诗写诗，回忆往事，沿湖边散步，去欧洲旅行，飞往各地朗读，或者是去墓地溜达。仿佛是在不经意间，他会让我们看到一些尴尬和荒谬，自己和别人的脆弱，也让我们看到可以怎样跟死亡或者孤独开个玩笑。他富于机智的幽默其实是个声东击西的幌子，一位书评者这样总结说，诗人的内心世界其实要幽暗得多，"而当他用这些幽暗景象的坚硬棱角给你一击的时候，你会觉得天旋地转"。活着当然很好，柯林斯自己也说，但一切都会终结，因此每一页诗上都有死神的影子。

* * *

也就是说，柯林斯所写的，大多是身边平凡琐碎的日常经验，偶尔有的对历史或未知世界的想象，也是基于当代的日常生活。在这一点上，柯林斯和众多当代美国诗人的视野和旨趣其实并无二致，例如最近获得诺贝尔文学奖的露易丝·格吕克（Louise Glück, 1943—）。虽然和柯林斯大异其趣，诗风沉郁而忧伤，但格吕克聚焦的还是诗人个体的当代体验，甚至在她引入荷马史诗、借用教堂晨歌晚祷的吟唱传统的时候，也还是在讲述个人生活。往往是有少数族裔背景的当代诗人，才会在作品中表现出更广阔的历史意识和政治诉求，从而成为美国文化里的另一种公众诗人，比如玛雅·安吉洛（Maya Angelou，1928—2014），比如丽塔·达夫（Rita Dove，1952— ）。

更进一步说，柯林斯写的是中年人的诗，是在人生有了一定的积累沉淀之后的感悟，但他并没有一个"而今识尽愁滋味"的包袱，也没有来个欲语还休。恰恰相反，他依然兴致勃勃，宽容而谐趣，对世界充满好奇，甚至惊叹。例如，他会这样观照一位在中餐馆里独自用餐的老人：

我很庆幸那时拒绝了这个诱惑，

如果年轻时确实有种诱惑

去写一首诗，关于一个老人

独自在中餐馆靠墙角的桌子用餐。

我会把整个事情都搞错

以为这个老家伙举目无亲

只能靠一本书来作伴。

他很可能会从钱包里掏现金买单。

真庆幸我等了这几十年

才来记下今天下午张家馆里的

酸辣汤有多么酸辣

霜花玻璃杯里的中国啤酒是多么冰凉。

……

既然去神秘化意味着让诗歌成为日常生活的延伸而不是变异,因此也就不难理解,为什么柯林斯要求自己的诗好读易懂,平易近人,像朋友间的聊天谈话,而不必费尽心思去揣摩。在这一点上,可以说他是义无反顾地背离和超越了现代主义诗歌的信念。美国二十世纪现代主义诗歌的代表人物和发言人史蒂文斯(Wallace Stevens,1879—1955)就说过,更高层次的诗应该有一个令人敬仰的复杂维度,从而"使可见的事物不太容易看到"。史蒂文斯对诗人的要求是,"我们用从地面升起的音节／说出自己,在我们平常不说的言辞中升起。"

而按照柯林斯的说法,一首诗应该避免一上来便对读者提出太多的要求,把门槛设得很高,而是应该布下一个能够让普通读者顺利进入的场景。随着诗的展开,层次变得复杂,对读者的要求逐渐加大,最初的轻松才转向更深入的话题。他的诗不追求字句层面的压缩或不连贯,而是形成相对从容的叙述,因此一首诗常常就是一个小的故事。但这并不意味着柯林斯对形式不敏感或者没有兴趣。实际上他也可以写那种挑战读者阅读习惯的诗,也在诗的形式上不断变化翻新,还会把一些经典形式推到极致,比如这本诗集里的一首十四行诗。

可以想象,并非每个读者都会对此买账,尤其是那些接受了现代主义诗学的洗礼、推崇纯文学和观念艺术的读者。因此有些评论家就觉得柯林斯的诗有时太唠叨松散,机智有余,力度不够,有一种"大伯式的可爱";甚至在一些写诗人的圈子里,写出一首"柯林斯式的诗"简直就是犯了大忌,无异于失败。对此有读者揶揄说,肯定有某个"深感关切的严肃诗歌读者委员会"已经判定柯林斯并非天才。

*　*　*

不可否认的是,柯林斯对自己的诗歌创作有着明确的自我意识。他的诗歌风格鲜明,也深植于他对英语诗歌传统的了解。他会开一些现当代诗人的玩笑,包括备受推崇的玛丽安·穆尔(Marianne Moore,1887—1972),但对经典的浪漫主义诗人,他却十分尊重。比如说在这本诗集里,雪莱、济慈、拜伦等都是缅怀的对象。他曾告诫想写诗的年轻人说,如果你真的要写诗,就该大量阅读经典,读密尔顿,读华兹华斯。毕竟,柯林斯是个文学博士,年轻时研究的是英国浪漫主义诗歌。

同时柯林斯也谙熟美国诗歌的传统,尤其是对十九世纪的艾米莉·狄金森(Emily Dickinson,1830—1886)的作品,更是如数家珍。他 2000 年为兰登书屋"现代文库"推出的《狄金森诗选》所写的序,就很值得一读,因为他简洁明快地阐述了一种跟他自己的写作风格迥异的诗学。他赞叹狄金森把广阔的意义压缩到微小的文字空间里的能力。狄金森的诗都很短,因为她根本不花功夫去介绍一首诗,设置一个场景或者给出一个缘由,而是开门见山,不由分说地把读者卷进她的想象之中。她的诗歌语言充分利用了古英语词汇的短促直接和后来输入的、更抽象文雅的拉丁词汇之间的张力,在可见的现实和不可见的世界之间打开一条通道。柯林斯认为狄金森用她的瑰异深奥创造了一种"新英格兰超现实主义",昭示出二十世纪诗歌的诸多特征。但这位女诗人的深居简出,却跟当代社会对诗歌的公众性质的强调格格不入。在这个随时都有工作坊、朗读会、研讨会和诗歌节的时代,柯林斯写到,阅读狄金森会提醒我们,写作其实是一种极度私密的艺术。

读柯林斯的诗,无论从哪个角度,都很难让人联想到狄金森。但如果我们接受批评大家布鲁姆(Harold Bloom)的说法,把十九世纪的游吟诗人惠特曼(Walt Whitman,1819—1892)和幽居诗人狄金森看作美国诗歌的两大传统,那柯林斯自然跟后者更亲近。同样按照布鲁姆的说法，只有跟狄金森分道扬镳，甚至背道而驰，作为后来者的柯林斯才有可能克服影响的焦虑。此外，如果说十九世纪的赫尔曼·麦尔维尔（Herman Melville，1819—1891）和马克·吐温（Mark Twain，1835—1910）分别以其经典小说叙事塑造和定义了美国人的精神和气质，那柯林斯无疑是后者的当代传人。

正是出于他对狄金森这位空前绝后的女诗人的爱戴，柯林斯曾写过一首题为《脱掉艾米莉·狄金森的衣服》的诗，纵情地想象"我"怎么靠着她二楼卧室的窗户，解开她的白裙子，放下她的头发，"航向她冰山般的一丝不挂"。（中国当代诗人于坚曾在一首诗里说"李清照同学"请大家吃话梅，但估计还没有哪个诗人会斗胆去想象替易安居士宽衣解带，然后写成文字并发表出来。）柯林斯这首诗最先于1998年发表在《诗歌》期刊上，很快就成了他少有的引起公开争议的作品。各种义愤的声讨我们可想而知，最严重的是指控柯林斯在鼓吹强暴；还有人挖苦说应该写首《脱掉柯林斯的衣服》，但又怕展现出来的东西会很不堪。好几年之后柯林斯还被问及此事,还在苦笑着做出解释。

但这番争议对柯林斯的名声并没有太大的负面影响。他不仅很快以该诗为题出版了一本诗集,而且还将其收进了2001年的自选集里,也就在那一年,他成为国家桂冠诗人。平心而论,这首诗确实跟他的公众诗人形象不太吻合;一首写得如此细腻亲密、充满暗示的诗,要是真拿到读诗会上去高声朗诵,估计台下不少听众都会觉得浑身不自在,要笑也笑得不自然。

正是从广受读者欢迎这个角度,一些论者喜欢把柯林斯说成是当代的罗伯特·弗罗斯特(Robert Frost,1874—1963)。从诗歌风格和题材来看,生活在大都会纽约的幽默诗人和以厚重的新英格兰农人口音改写美国诗歌版图的弗罗斯特,两者之间鲜有相近可比之处。弗罗斯特坚持认为诗歌应该有音韵美,是可以读出声来,能够听到也能够听懂的。正是他在1920年代开创了在大学校园里朗读诗歌的风气。1962年,也就是他去世前一年,《生活》杂志以弗罗斯特为封面人物,综述诗歌朗读如何促进了诗歌的流行,丰富了美国人的文化生活。这位当时已年近九十的诗人是全美遍地开花的诗歌朗读活动中最受欢迎的诗人，也是美国历史上第一位在总统就职仪式上朗读自己作品的诗人。"整个诗歌朗读这档子事"，柯林斯说，是弗罗斯特一手搞起来的。

2002年9月，"911"事件一周年，美国国会参众两院联合举行纪念活动，身为国家桂冠诗人的柯林斯应邀朗读了他"为'911'事件中的遇难者及其身后的亲人"而作的《名字》，这也是他作为公众诗人最具象征意义的一次朗读。《纽约时报》同时也刊出了这首诗。耐人寻味的是，在那之后，柯林斯一直拒绝在公共场合朗读这首诗，还表示不会将其收进自己的诗集。但2011年，他在美国公共广播公司制作的节目上朗读了《名字》。两年之后，也就是2013年，诗人把重新校定过后的《名字》作为《漫无目的的爱》里的最后一首，首次收入诗集出版。

* * *

从2013年到这个中译本跟读者见面，是弹指一挥间的十年,但也是美国和整个世界都发生了巨变的十年。在这个节点出版中译本,纯属巧合,并没有为了赶一个特定日期以示隆重的意思。

一年多前我决定翻译这本诗集,主要是因为觉得柯林斯读起来有趣,自成一体,加之又没有人系统地译介过他的诗。翻译过程中,偶尔也有恍若隔世之感,觉得柯林斯生活在一个更悠久、也更淡定的美国,还没有像如今这样乱象四起,戾气甚嚣尘上。但更多的时候,他的诗让我想起一些熟悉的美国风景,看到一些有趣的美国朋友,他们都喜欢、也善于在聚餐或派对时,把自己的见闻和经历讲成好玩的小故事或是冷笑话,逗大家一乐。这些朋友可以说都是段子高手,但他们宁可重复自己拿手的故事,也不会压低了嗓门去谈什么时政秘闻,更不会耸人听闻地议论别人怎么有钱。有了他们,一场聚会才不沉闷,才有生气。他们不一定都读柯林斯,但从他们那里却可以看到为什么柯林斯会如此受欢迎。

柯林斯正是这样一位朋友。他来到我们中间,一副很随和的教授模样,戴着老花镜,脸上是开朗温和的微笑。他音调不高但绘声绘色地说起早上去咖啡馆,服务员如何把一杯咖啡打翻在他身上,让大家惊骇不已,可看他一脸无奈的样子又觉得滑稽。然后,在另一个场合,他还是那一身装束,语气平和地朗读他的诗,说诗歌可以这样写,可以这样读,可以这样让你浮想联翩。

……
我说的是一旦我停止写作并放下这支笔,
我们将听到的声音。

我曾听到有人将其比作
麦地里的蟋蟀发出的声音
或者,更轻一点,只是风
吹过麦地吹动我们永远看不见的事物。

读者

观望者,注视者,翻阅者,一目十行者,
舔了手指翻书的人,认真研读的人,
每天都读纸质书才过瘾的你,
嚼铅笔头的人,做笔记的人,用勾和叉
来做边注的你,
初到者或重访者,
浏览者,飙车的人,英语专业生,
准备起飞的女孩,满脸忧郁的男孩,
隐形伴侣,小偷,初次约会者,从未谋面的陌生人——

那是我匆忙跑到窗前
来察看你是否在林荫树下走过
推着婴儿车或是牵着一条狗,
那是我拿起电话
为了想象你无法想象的号码,
是我站在世界地图前

猜想你在何处——

是一个人坐在火车站的长凳上

还是昏昏欲睡,书正向地板滑落。

选自《九匹马》

FROM *NINE HORSES*

2002

乡下

我当时就觉得有点怪
当你告诉我千万别
把一盒一划即燃的木质火柴
在房子里随便乱放,因为老鼠

可能会跑到盒子里,引发大火。
可你绝对是一本正经
当你把那个白铁桶的盖子拧紧
说,火柴从来就存放在这里。

当晚谁还可能入睡?
谁还能摆脱那个念头,
一只谁都没有料到的老鼠
正沿着冷水管道蹑手蹑脚地爬行

在花红草绿的墙纸背后
用他尖针一样的牙齿
咬住一根木火柴?
谁又可能不亲眼看着他拐了一个弯,

蓝色的火柴头在粗糙的房梁上划过,
火苗突然腾起,于是那个家伙
在那闪亮、耀眼的一刻
骤然间被抛到时代的前列——

成了一个被忘却的仪式里的
点火者和火炬手,小小的褐色巫师
照亮了某个远古的黑夜。
谁又可能错过,

那熊熊燃烧的隔热层照亮的
他的小伙伴们充满惊奇的袖珍表情,
他们一度都安居在
乡下那栋曾经属于你的房子里?

速度

那天早上我在餐车里把笔记本
摊开在腿上并拧下笔盖,
作家的模样十足,
包括脸上那个微微皱着的作家眉头,

但没有什么可写的
除了生和死
除了火车汽笛发出的低沉警示。

我不想描写窗外
一闪而过的景色,散落在牧场上的牛群,
滚得整整齐齐的草料——
这些东西你见过一次便再也不会看到。

但我并没有停笔,而是不停地

勾勒着

一个摩托车手的脸部轮廓——

我并不知道为什么画他——

一位戴着墨镜、尖下巴的骑手,

身体前倾,没戴头盔,

稀薄的长发飘扬在身后。

我还画了很多线条来表示速度,

显示空气撞到骑手的脸时

便会显形

就像空气正扑到火车头上

而火车头正把我拉往

奥马哈以及比奥马哈更远的什么地方,

我到达终点之前

所有需要停靠的地方。

我们必须不断从永恒的角度

来看待一切事物,

大学里的神学教授总是这样说,
从这个角度,我想,我们身后
几乎都会有速度线出现
当我们在人间的路上狂奔,

当我们在漫长的时间隧道里狂奔——
当然包括那位骑手,陶醉在风里,
也包括那位靠着火堆读书的人,

速度线从他的肩膀和手中的书流出,
还有那位站在海滩上
凝视弧形的海平面的女人,
甚至还有夏夜里酣睡的孩子,

速度线从贴在她床头的画飞出,
从枕头套白色的四角飞出,
从她完全静止不动的身体周边飞出。

"胜似女人"

我今天醒来之后,
脑子里一直都有一首歌
在失控地播放——一盘磁带

围着大脑里的线轴来回绕,
痴迷的修女拨动的念珠,
像风扇皮带般狂转的曲子。

它肯定是我昨晚开车回家时
从收音机里跑了出来
然后在我睡觉时

从两只耳朵钻到大脑皮层的中心。
一首如此油腻而乏味的歌
我都懒得去说歌名是什么,

但它不停地唱,仿佛我是个电唱盘
上面满是孩子们在跳舞
还有他们装神弄鬼的哑巴剧,

仿佛我曾经学会的一切
都在慢慢地换成
它那软绵绵的旋律和牛屎菇似的歌词。

我给花浇水时它在唱
我取回邮件,把来信
摊开在桌上时它还在唱。

它来回唱着,当我去散步
从桥上看着
棕色树叶漂在水面的时候。

临近傍晚时它似乎消退了,
但在餐馆里我又听到它
当时我正在仔细打量那些

趴在通明透亮的水缸底部
的龙虾,水缸装满了
它们如注的泪水。

而此刻,站在这黑黢黢的窗前
在半夜时分
我开始想

我听到的也许是来自天体的音乐,
是人们从来就听不见的声音
因为它一直在播放,

只不过那些天体是五颜六色的台球,
而音乐正从投币点唱机汩汩流出,
穿过云层我刚好能看到点唱机里的灯泡。

漫无目的的爱

早上沿着湖边散步时
我爱上了一只鸊鷉,
当天稍后还爱上了一只老鼠
被猫丢弃在餐桌下面。

秋日黄昏的暗影里,
我迷上了一位缝纫女
裁缝店的窗口里她仍伏在缝纫机上工作,
后来我还迷上了一碗高汤,
热气升上来就像海战时的硝烟。

这是最好的爱了,我当时这样想,
不需要补偿,也不需要礼物,
没有刻薄的言辞,没有怀疑,
也没有电话上的沉默。

爱板栗,
爱卷檐的软呢帽,一只手握着方向盘。

没有欲念,不会砰地摔门——
爱袖珍版橘子树,
干净的白衬衫,晚间的热水澡,
横穿佛罗里达的高速公路。

没有等待,没有烦躁,也没有怨恨——
只是不时地会觉得一阵心疼

为那只鹧鸪,在低垂湖面的枝头
搭建了自己的窝巢,
也为那只老鼠,
至死都身穿它的浅褐色套装。

但我的心总是被撑开
在三脚架上,在开阔地里,
等待着下一支箭头。

拎着老鼠的尾巴
把它送到林中的一堆落叶里之后,
不觉之间我站到了浴室里的洗脸池旁
充满怜爱地盯着那块香皂,

如此耐心而柔顺,
在浅绿色的肥皂碟里如此自在舒适。
我感觉自己又一次爱上了
当我感到它在我打湿的手里滑动
同时还闻到薰衣草和石头的淡香。

缺席

早上低沉的云
在城里教堂的尖顶上匆匆划过

这时我在公园的长凳旁
看到一枚乳白色象棋子——

结果发现是白方的马——
在把鸽翼吹皱的风里

我很好奇其他棋子都在哪里,
在何处排好队

站在各自红色和黑色的方块里,
其中不少都心神不定

因为一个装盐的瓶子
取代了白马的位置,

它们都在暗暗期待着
那一刻

当白马
忽然冒出来

以它独特的步伐
来到棋盘上,

先往前直走,然后斜走
然后再继续往前,

我这时正反复让它迈着同样的步伐
在我的手掌这个满是阳光的场地里。

乐雅贵族

我那架老式打字机是如此震耳
夜深的时候我不得不
在下面垫上一叠报纸
以免吵醒一屋的人。

即便我关上书房的门
一次只打几个字——
其实这是最好的工作方式——
键盘的噼里啪啦还是如此响亮,

连那灰黄两色的小鸟
都会在笼子里痛苦地咧嘴。
有些夜晚我甚至能看到月亮
透过冬天的树木朝我皱眉。

那是二十年前的事,
可此刻当我用软号铅笔写下这些
还能听到那独特的声音,
就像小型武器在越境开火

一阵接着一阵
而妻子正在睡梦里翻身。
我那时是一只孤单的猴子
竭力想打出我的哈姆雷特的开头几句,

而常常无非就是
把一张张纸放在滚筒后压平
然后再揉成一个个纸团
弹到柳条字纸篓里。

但至少我是在制造声音,
汇入了秘书们发出的巨大喧哗,
那个由咔嗒声和铃铛声组成的大合唱,
还有成千上万张逐渐退远的工作台。

而满屋鸦雀无声的家具,

哑口无言的油盐瓶子,

还有房子四周沉默着的高大树篱,

可以说是望尘莫及。

那些夜晚的寂静是如此深沉——

只有我打字的声音

和天上的几颗星星

唱着它们还是婴儿时母亲就在唱的歌。

巴黎

在那套别人给我的公寓里,
从浴室往外可以看到一个小小的花园
靠着通风井的底部,
花园里有几株刚刚发芽的树,
常青藤附在白色的焦渣砖上,
一张蓝色的铁桌子和一把生了锈的椅子,
那椅子,看得出来,从来没人坐过。

每天早上,一只叽叽喳喳的鸟
会从楼房间噗噗飞下
停在细嫩的枝头朝我吆喝,
讲的是法国鸟语
而我在浴缸里泡澡
头顶有光从浅色透明的天花板洒下。

鸟在那里喋喋不休，我会躺在
漂满肥皂泡的热水里
思忖那天该穿哪件衬衫，
可以站到哪个镀锌的早餐吧台前
读我的《先驱论坛报》，喝一杯浓咖啡。

聒噪一阵之后，他就会飞走
回到天空里，只留下
某个店铺的铁门被拉起的声音
或是一辆轻便摩托在外面嗖地驶过，
这也是给我的信号
该从浑浊的水里起身
伸手取条毛巾，

是开始集中精力的时候
考虑锁上前门之后该转进哪条街，
会看到哪些商店的招牌，
走过哪些桥时我可以靠在桥栏上
看宽阔的河水起伏流涌
就像不停旋转的唱片，我的目光是那唱针。

是湿漉漉地站起来的时候
去猜想我会在街上擦肩而过的
那一群又一群的人,大多数人
我并不相信他们的存在,
但有几位我会在一瞥之间
看到我自己的全部人生
就像从岸边瞭望大海那样。

一个又一个的早晨,
我会用毛巾把自己擦干
然后想象今天我会
站在哪些画作的前面,
将要看到的已经是屡见不鲜——
丰满的斜躺着的裸体,
搁在一块奶酪旁的刀,
有浅蓝色山峦的风景,
相互厮杀着的众神的
头和肩膀,
踏在一条蛇上的脚——
但也总希望能看到一些新的东西

比如田野里昔日的白色火鸡
或是单独摆在碟子里的一根芦笋
装在小小的镀金的画框里,

当我整装就绪,总是会欣然
去为那满载美丽的轮船叫好,
为那满载新奇的轮船加油
当他们沿着如此浩荡的一天顺流而下。

伊斯坦布尔

多么地惬意,能在市中心
沿着一条小街
走进一家据说有三百年历史的浴室,
悠久得有机会为提灯女神南丁格尔泡开毛孔
把弗兰兹·李斯特的音乐头颅涂满肥皂。

多么地惬意,可以在
缓缓燃着的柴火旁喝冰凉的酒
然后被带到楼上长廊的一间小屋,
屋里铺着地毯,一张狭窄的床,
我把衣服折成一叠放在床上
然后走下楼来,光着身子
除了腰间围了一块薄纱般有条纹的布。

如此大开眼界的奇异体验,

由一个头发剃得很短

牙齿间隙很大的男人领着

走进蒸气腾腾的大理石圆形大厅

只身躺在光滑的大理石上

看着水珠从高高的拱顶

从天光形成的梁柱间落下

然后再听到我开口唱的歌——

"她以为我还在乎"——回荡着升向屋顶。

这感觉就像是最后一位苏丹

当那个男人过来给我搓洗——

又是抹肥皂又是泼水,又是搓背又是洗发,

从大理石水盆舀起清新的温水

哗啦啦浇在我早已湿透了的身上。

但只是在他把肥皂涂在

我的耳后和脚趾间

我才感到自己充满了感激

就像一朵云吸饱了雨水,

一个玻璃筒慢慢地灌满了烟。

我无声地感谢着这个

搓洗我的脚板的男人。

我感谢悠久历史的土耳其浴

和那一长排搓背人,胡子拉碴站在那里,

抱着双臂,等候着下一位顾客

推开装着毛玻璃的旋转门进来。

我感谢所有那些

竟是以触碰陌生人的皮肤为工作的人,

我也心怀感激,因为此时我是趴在

温暖的肥皂水里

而不是躺在一滩热血中

在这个不可理喻的城市的某个角落。

一桶又一桶的热水

接连浇在我低垂的头上,

我不再去想要感谢谁或感谢什么

而是乘着一艘快乐的船,

大理石和肥皂泡组成的蓝色小船,

朝海港的入口驶去,

在那里我伸出手指说再见
然后感到小船开始上下浮动，
波浪滚滚而来，小船载着我的身体
我那洁净、得到了神佑的身体奔向大海。

爱

火车车厢那头的男孩
不断地回头张望
好像在担心什么或者在等谁

然后她出现在前面那节车厢
的玻璃门里,他起身
推开门让她进来

于是她走进车厢,手里拎着
一个黑色大箱子
里面显然装着一架大提琴。

她看上去像个天使,高高的额头
双眼沉静,一只黑蝴蝶结
把头发扎在颈后。

就因为这一切,
他显得有些手足无措
感受着见到她的快乐,

而她单纯如此,
完美地存在着,一个
面容柔和的演奏大提琴的生灵。

此时我之所以把这一幕
写在一个黄色大信封的背面
当他们已经一起下车离去

是为了告诉你,在她转身
去把那超长、易损的大提琴
安放到行李架上的时候,

我看到那男孩抬眼望着她
目睹她的一举一动
就像画里的圣徒那样睁着双眼

当他们抬头看着上帝
看他做一件不可思议的事,
一件表明他就是上帝的事。

讣告栏

这些版面并非为年轻人而设,
他们还是去相互拥抱更好,

也不是为了那些只是需要
了解黄金价格的人,
了解飓风正如何蹂躏佛州珊瑚岛的人而设。

但终有一天你也许会加入
这样一个群,他们首先来这里查看
谁在夜间殒命归天,
谁只留下身后一片行走的空气。

在这里张张底牌都被亮出,
年纪,死因,生平业绩,
偶尔还有些匪夷所思的轶闻——

比如她收集装糖的碗盏,

比如他玩单人纸牌时赤身裸体。

而身后的亲属们都挤在最后

由一段文字庇护着

仿佛他们侧身躲过了死神的烈焰。

还有什么其他更好的方式

把早晨的一切都围上细细的黑框——

手绘的咖啡杯,

橘子切开后的两个半球,

斜照在桌子上的阳光?

有时还会冒出很古怪的一对,

两个陌生人变成室友

肩并肩躺在同一页上——

亚瑟·戈弗雷靠着曼·雷,

肯·凯西身边是德尔·埃文斯。

这不禁让人想起死亡方舟,

不是动物王国的一对对雌雄，

而是一双双男女

并排踏上登船的跳板，

外科医生和模特，

气球飞行员和金属技工，

考古学家和研究疼痛的权威。

他们挽着胳膊，登上方舟

加入那些已经靠着船舷的人，

终于从可怕的生命洪流中得到了拯救——

每天他们的数量是如此之多

必须得有很多的方舟，

组成一个舰队来运送死者

渡过彼岸世界汹涌的浊浪，

也得要有很多的诺亚，

留着络腮胡，眉头紧皱，警觉地站在每个船头。

今天

如果真有那么完美的一个春日,
由一阵阵暖风吹拂而起

以至于你想要打开
房子里所有的窗户

拉开金丝雀鸟笼上的门栓,
干脆,把那扇小门连框拔起,

这一天,微凉的铺砖小道
和郁金香正在萌芽的花园

似乎是太阳光刻出来的,
你特别想拿着一把锤子

去敲碎客厅茶几上
放着的那个玻璃镇纸,

把里面的居民
从大雪压顶的小屋释放出来

让他们走到外面,
拉着手,眯着眼睛

去看这个大得多的蓝白相间的穹顶,
那么,今天就是这样的一天。

生灵

哈姆雷特在形状各异的云朵里发现他们,
而我是在童年时的家具里看到
那些困在各种木料表层下的生灵,

这个被镶嵌在擦得发光的餐具柜里,
那个在椅子的靠背上挤眉弄眼,
还有一个在我母亲安静的写字桌上嚎叫,
因为他被枫木的纹路缠住,被橡木锁定。

我还会在让人眼花的墙纸图案中
在瓷质台灯的层层绿色里
看到这些鬼影,
一个个如此阴郁,如此落魄,
有些会盯着我看,就像他们知道
一个内向男孩的所有秘密。

好多时候,当我躺在地毯上
做着白日梦,贴身就会出现一个,
鼻子超大,形销骨立。

因此你应该理解我的反应,
今天早晨在海滩上
你张开手掌让我看
你在海边捡到的一块石头。

"你看到这张脸吗?"你问,
清凉的海浪漫过我们光着的脚。
"这里是眼睛,这条线是嘴巴,
好像在龇牙咧嘴,疼痛难忍。"

"没错,也许是因为这条裂缝
贯穿了整个额头,
还加上一个拧歪了的鹰钩鼻,"我一边说,

一边从你手里取过那劳什子
一举扔过闪亮的蓝色海浪

让它沉到幽暗的海底
过完它怪异的余生,

别再来打搅我们这样无辜的海滩游客,
别再来糟蹋大家的夏天。

临界点

在家里,专播爵士乐的电台整天都开着,
因此有时候并不那么引人注意,
像落雨的声音,
背景里的鸟鸣,像车流涌过。

但今天我听到一个声音宣布说
去世时才三十六岁的艾里克·杜尔斐,
至今已经死了三十六年。

我想知道——
是否有人察觉到了什么,
从杜尔斐出生至今
已经过了两个人生,

我们都在时间上

向前整整迈出了杜尔斐一步,
又掀开了新的杜尔斐一章?

这一刻可以是如此微妙——
就像你穿过人生
正中心的那一刻

或者当你在黑夜里乘船越过赤道线时,
也许会有的感觉。

后来我就没再想这事,
但这有没有可能正是我刚才感到的
那个小小的移动,
就在我冒雨去取邮件时?

九匹马

为了庆祝我的生日,
妻子送给我九个马头,
鬼影般的照片印在黑色大理石方块上,
九个方块镶嵌在一个大方块里,
那东西是如此沉重
艺术家自己主动过来把它挂在
一根木梁上,靠着白色的石墙。

灰白的马头侧面
仿佛是闪光灯抓拍到它们在夜间行走。

灰白的马头
俯视着我的读书椅,
眼睛是如此空洞,它们肯定在哭泣,

它们嘴巴张着,或许已经死掉——
摄影师站在堆满草料的地上
低头看着它们,马厩门外停着他的黑色汽车。

九匹白色的马,
或者是一匹马被相机拍了九次。

这些都无关紧要,它们长长的白脸
悲哀如此浓厚
离牧场和糖块如此遥远——
圣巴塞洛缪的脸,圣阿格尼丝的脸。

古怪的马队,
拉着空无一物,
请低头看一眼这些日复一日的例行运作。

低头看一眼这张桌子和这些杯子,
这些卷好的餐巾,
刀和叉在晚间举行的婚礼。

低头看一眼,像一个九头神那样

让我们知道你的不悦

或是你温和的宽容

于是我们可以庆幸,为自己的种种过错。

低头看看这一圈烛火

在你灰白的头下摇曳闪烁。

让你充满痛苦的眼睛

还有你没有名目的死亡

成为缰绳,以防我们相互走失

成为马鞍下的系带,把我们捆在每一个日子的身上

当它奔驰而去,马蹄迸出火花踏进夜幕。

冗长的清单

> 你是面包和刀,
> 水晶杯和酒……
> ——雅克·克里克戎

你是面包和刀,
水晶杯和酒。
你是清晨草叶上的露水
是那轮燃烧的太阳。
你是面包师的白围裙
是湿地里突然飞出的鸟。

但你不是果园里的风,
不是台桌上的梅子,
也不是纸牌搭的屋子。

你也肯定不是带松香味的空气。
你不可能是带松香味的空气。

你有可能是桥下的鱼，
甚至也许是站在将军头上的鸽子，
但你远远不是
黄昏中那遍野的矢车菊。

瞥一眼镜子就可以看到
你既不是墙角的靴子
也不是在轮船库房里睡眠的船。

说到世上丰富如此的意象，
你也许会有兴趣知道
我是屋顶上的雨声。

我也碰巧是流星，
是沿着小巷被吹走的晚报，
厨房桌子上的那一篮板栗。

我也是林间的月亮

是女盲人的茶杯。

但别担心,我不是面包和刀。

你仍然是面包和刀。

你永远是面包和刀,

更不用说也是水晶杯和酒,无论如何。

文学生活

今天早上我醒来,

就像唱蓝调的人爱吹嘘的那样,

脑子里首先想到的

是康文垂·帕特摩,当时狗狗还在舔我的脸。

谁是康文垂·帕特摩?

我不知道,于是爬起来

踏上了去往百科全书的旅程,

一路经过一些孩子和一个瓶盖。

一切都似乎比往常更接近原本大小。

光线以一排窗户的形状

挂在墙上,旁边的画里

是鸟和马,鱼和花。

康文垂·帕特摩,
我定会把你找到,我狠狠地说,
走进书房,就像走进
运载科学和智慧的货物电梯。

一辈子都在查找信息的我
到底查找过多少?
我不知道,一边把书在钢琴上摊开
开始翻动大号、轻飘飘的书页。

这个世界会是个什么样子
如果所有的事情都很整齐地
按照字母顺序排列?我很想知道,
这时我翻到 P 部并开始定睛细看。

再过多久我就会忘记康文垂·帕特摩
他的生卒年份和他那首
大谈圣洁的夫妻之爱的长诗标题?
我这样自问,一边关上书房的门

然后在厨房里站了一阵,
巡视着银色的烤面包机,碗里的柠檬,
还有那只白猫,它的神情
就像是刚刚写完了自己的传记。

阴间写作

我曾想象那里的气氛会很爽朗,
充满清澈的光,
而不是眼前这硫磺色的雾霾,
就像雷雨前被离子化了的空气。

很多人都想到会有一条河,
但没有人提及有这么多船,
上面的板凳挤满了一丝不挂的乘客,
一个个埋头盯着手里的写字板。

我早就知道我不会总是个孩子
拥有一套火车和隧道模型,
也知道我不会长生不老,
能整天蹦蹦跳跳勇往直前。

关于去彼岸的旅程我曾听说一些
也听说了最后一枚硬币
落进那持桨人的皮囊会叮当一响,
但谁又曾猜想得到

我们刚刚抵达
就会被要求来描写这个地方
而且得提供尽量详尽的细节——
不要光是说有水,他提醒道,

而是漂满油污、深不可测、老鼠出没的水,
也不仅仅是镣铐,而是锈迹斑斑、
用铁铸成、让脚踝稀烂的镣铐——
还说我们的下一个作业是

不假思索地直接写下
我们死了之后的心得和感受,
这并不真的是什么作业,
摇桨人不断地对我们说——

把它看作一个练习更好,他哀吟一声,
把写作看作一个过程,
一个永无止境、地狱般的过程。
这时所有的船都挤到了一起,

船头靠着船尾,船尾连着船头,
什么都不能动弹,除了我们勤奋的笔。

无暇

这个匆忙的工作日的上午,
我飞快地驶过墓地,摁了一下喇叭
父母就葬在那里
并排躺在一块光滑的花岗岩下。

于是,一整天,我都在想着他直起身子
用那种眼神看我
带了理解的责备
而我母亲平心静气地要他好好躺下。

驼鹿河瀑布

也就是驼鹿河降落的地方,
从一堆高度可观的岩石落下
河水在裂口处因为恐慌而变得苍白
(从我当时站在下面的角度来看)
然后自我解脱
一头扎下,散成碎片,从空中
跌进一潭冰水的重重倒影,
而水潭的四周却是如此平静,是一处
让水从震惊中恢复过来的地方,
那种四分五裂之后重新聚拢的震惊,
然后河水开始继续歌唱,
流过一些巨大的岩石
和一些长满野草的小岛,
终于平缓下来,轻快地绕过河湾,
沿着曲折的河道往前流去,

根据这本露营指南上的地图，
它会汇入清水河的北部支流
再跟着清水河去到远处的海
在那里，所有的河水
都会误以为自己就是那庞然大物，
会最后唱一遍自己的名字
随后猛然感到盐水带来的刺疼。

圣诞节的麻雀

这天早上我最先听到的
是一连串急促拍打的声音,柔弱,执着——

原来是翅膀在拍打玻璃
在楼下,我看到那只小鸟
在高高的窗框里不断冲撞,
想穿过那谜一般的玻璃
纵身飞进那空阔的光。

蹲在地毯上的猫
这时从喉咙里发出声响
我于是明白小鸟是怎么进来的,
它在寒冷的夜里被叼着
经过地下室的活板门,
后来又从轻轻咬着它的牙齿脱身。

我站在椅子上,用一件衬衫
包住它的噗噗跳动,然后来到门前,
它是如此轻盈
似乎已经消失在这个布做的鸟巢之中。

但在室外,当我松开双手,
它呼地一下恢复了原状,
急剧地摆动着双翅
掠过冬眠的花园
消失在一排高高的铁杉之后。

余下的那一天里,
我的掌心一直都能感到
它那狂野的撞击,我不禁猜想
它被困了多少个小时
在那个房间的暗影里,
躲在挂满装饰的圣诞树
扎手的枝桠之间,呼吸着,
四周是金属天使,陶瓷苹果,绒线星星,
它睁着双眼,就像今夜我躺在床上

想象着这只罕见、幸运的麻雀
此刻栖身在一丛冬青树里，
微雪正穿过无风的黑暗落下。

惊喜

今天——
据收音机里的一个声音说,
这可是古典音乐节目的主持人——
是维瓦尔第的生日。

他今天该是 325 岁——
颇为佝偻了,我可以想象,
眼睛里很多水,也看不见什么了。

可以肯定的是,他已经失聪,
身上的衣服一片片掉落,
头发稀少得可怜。

但我们还是会给他办一个晚会,
一个惊喜晚会,所有的人

都会躲在家具后面,以便听到

他用拐杖砰砰地敲着石板路
还有那个止不住的干咳声。

诗歌

可以称之为一片草地
被挪亚方舟遗忘的动物们
在傍晚的云朵下来到那里吃草。

或者是一个蓄水池,史前降下的
雨从混泥土出水口滴落。

无论你怎么看,
这里都不是摆一个
有三只脚的写实主义画架的地方,

也不应该逼着读者去攀爬
设置了很多围栏的情节。

让发了福的小说家

用他嘈杂的打字机
去描写佛兰欣出生的城市,

去描写阿尔伯特在火车上怎么读报纸,
卧室的窗帘又在怎样飘动。

让穿着破烂的开襟毛衣
身边地毯上蜷缩着一条狗的剧作家
让剧中人物
从两边侧厅走到舞台上
去面对室内睁着很多眼睛的幽暗。

诗歌不是做这种事的地方。
我们要做的已经够多,
抱怨烟草的价格,

传递滴着汤水的长柄勺,
给笼子里的鸟唱歌。

我们忙于无所事事——

我们为此需要的只是一个午后,
蓝天下的一条小船,

也许还有人在石桥上钓鱼,
或者,干脆,桥上什么人都没有。

选自《诗歌的困扰》

FROM *THE TROUBLE WITH POETRY*

2005

星期一

鸟群在自己的树上,
面包在烤面包机里,
诗人们在他们的窗前。

他们在窗前,
地球这个橘子的每一瓣里都是这样——
中国的诗人们抬头望月,
美国的诗人们远眺
一缕缕粉红蔚蓝的朝霞。

职员们在他们的桌前,
矿工们在他们的井下,
诗人们正看着窗外
也许手里夹着一支烟,端着一杯茶,
也许还披着一件法兰绒衬衫或浴袍。

校对编辑们在打乒乓球一样
做着校对,
一页页看来看去,
厨师们在切芹菜和土豆,
而诗人们在他们的窗前
因为这就是他们的工作
为此每个星期五的下午他们并不领取工资。

至于是哪个窗户似乎无关紧要
但很多人有自己的最爱,

因为总有一些事情可看——
一只鸟抓着一根细树枝,
正在转弯的出租车的前灯,
那两个戴羊毛帽的男孩突然横穿马路。

钓鱼人在他们的小船里上下颠簸,
架线工爬上他们圆圆的电线杆,
理发师在他们的镜子和椅子前等候,
而诗人们继续睁大眼睛

看到供鸟儿洗澡的小水盆开裂了,树枝被风吹落。

至此应该已是不言而喻,
面包师用的烤箱
和干洗店老板收到的染有果汁的衬衫
就是诗人面前的窗户。

设想一下吧——
在窗户发明之前,
诗人们不得不穿上外套
戴上防寒帽才能出门
或者只能待在屋里直面一堵墙。

我这里说的墙,
并没有带条纹的墙纸
也没有一幅牛的速写,装在画框里。

我说的是一堵冷冰冰的碎石砌的墙,
中世纪的十四行诗描写的那堵墙,
女人独有的那颗石头般的心,
卡在她写诗的恋人喉咙里的那块石头。

公园里的雕像

今天我想起了你
当我在位于公园中央
一座有马的雕像前停留,

想起你曾经向我解释
这些高贵姿势后面的密码。

如果一匹马抬起双腿直立,
你告诉我,那就意味着骑马人战死疆场。

如果只抬起一条腿,
骑马人便是在其他地方遭受了致命的创伤;

而如果四条腿都着地,
正如眼前这个雕像——

四个青铜马蹄固定在石头基座上——
那就意味着骑马人,

这一位正全神贯注地盯着
街对面已经关闭了的电影院,
并非死于战争。

站在这座雕像的阴影里,
我想到其他那些
只能徒步走过人生的人
没有马,没有马鞍,也没有剑——
那些已经不能迈动双脚
自行行走的人。

我想象着他们的雕像,
病怏怏的人躺在冰冷的石头床上,
自杀者在大理石的边缘踮起脚尖,

死于车祸的人遮住双眼,
被谋害的人捂着伤口,

溺毙的人无言地踩着空气。

也看到我自己，
在一块玫瑰灰的花岗岩上，
挨着本地公园里的一簇庭荫树，
名字和生卒年份都刻印在一块匾牌上，

双膝跪地，眼睛向上，
对着飘过的云朵祈祷，
永远徒劳地乞求再多活一天。

房子

我躺在据说是建于 1862 年的
一幢房子的卧室里 ——
两扇窗户依然朝东
面对着太阳天天发出的响亮号角。

早起的鸟儿在叽叽喳喳,
我想到那些在这里睡过的人,
把房子卖给我们的那户人家 ——
克里奇罗一家五口 ——

还有他们提到的那位工程师,
他们搬来之前他独自住在这里,
是他在房子后面扩建了
一间用木头做横梁的大玻璃房。

我有一张这所房子的
黑白老照片，几棵小树，
一条弯弯的土路，
但不知道当时住在这里的是谁。

于是我回到南北内战
想到修建这所房子的那个农人，
是他砌了这道简陋的石墙，
绕着房子，一直延伸到树林，

当战事在南边如火如荼，
他在这间卧室里爬上瘦小的妻子，
带着养牛人的力气，
或许是养牛人的温柔

也可能两者兼有，来回交替
为了带给妻子许多快活
为了唤出一个儿子
来接管那些奶牛和农场，

当他终于有一天筋疲力尽
走完了满是劳作和祈祷的日日夜夜——
太阳从一如既往的地平线上升起
照进这一如既往的窗户,

照亮仍然是安放床铺的地方,我躺在这里
没有什么可以去耕作,也没有儿子,
相伴的只有死去的农人和他死去的妻子,
轮番地觉得舒服和难受。

漫长的一天

早上我吃了根香蕉

像一只年轻的猿猴

然后继续写作一首题为"夜曲"的诗。

下午我用厨房里的短刀

挑开邮件,

黄昏开始降临的时候

我脱掉衣服,

放上"牛仔竞技场上的宝贝"

在四只脚像爪子的浴缸里泡澡。

我闭上眼睛

想到字母表,

字母从幼儿园的走廊鱼贯而出

变成了文学。

如果英国人把 z 叫作 zed,

我想,那为何不把 b 叫作 bed,把 d 叫作 dead。

而且为何 z,看着像是

跑得最快的字母,却是最后一个?

除非它们都在往东走

而我们都坐在朝北的椅子里。

就在这时我听到

一声雷响和狗叫,

四脚是爪子的浴缸

往前挪了一步,

也许是往后

我得问清楚

于是转身

伸手去取离得很远的浴巾。

傍晚

玫瑰开始垂下头来。
一整天都在搬运她的黄金的蜜蜂
找到一个六边形的巢去歇息。

天空里,云的痕迹,
最后掠过的几只鸟,
地平线上的水彩。

白猫面壁而坐。
田野里的马站着瞌睡。

我点燃木桌上的蜡烛。
我又抿了一口酒。
我拿起一个葱头一把刀。

而过去和将来?

无非是戴着两个不同面具的独生子。

羊群

有人推算出,当时在古登堡印制一本圣经……
需要 300 张羊皮。

——引自一篇关于印刷的文章

我看到它们被塞进待宰栏
在那石头砌成的房子后面
房子里摆放着印刷机,

它们相互挤来挤去
为了寻得一席之地,
而每一头都是如此相似

几乎不可能
把它们数清,

也完全无法知道

哪一头将传送
主是牧羊人这个消息,
而这是它们早已知道的几件事情之一。

被炸掉脸的楼房

如此突然,所有的私密都被暴露
在一座被炸毁的城市里,
二楼的那间卧室

蓝白相间的墙纸就这样
敞露在轻轻飘下的雪花里
仿佛那个房间只穿着条纹睡衣

便起身迎来了爆炸。
一些邻居和士兵
在下面的瓦砾里翻找

抬头看着悬挂在半空的楼梯,
一位祖父的肖像,
只剩下一个铰链的门,在那里晃荡。

而那间浴室看上去几乎有些窘迫
它褐黄色的四壁被掀开，
各种管道拧成一团，

洗漱池跪在地上，
浴帘被撕裂，
残损的金鱼身后拖着气泡。

这场景看着就像是个玩具屋
似乎一个孩子跪下来就能够
伸手抬起那个写字桌，扶正那幅画。

也可以是舞台上的室内布景
上演的是一个没有人物的话剧，
没有台词和观众，

没有开始、中间和结尾——
只有破碎的家具堆在街头，
一只鞋参杂在焦渣砖里，

小雪还在下着
落在远处的教堂尖顶上,人们
从依然挺立的桥上走过。

而在那后面——是树上的乌鸦,
某位骑着马的领袖的雕像,
也许是浓烟的云朵,

在更远的地方,在另一个国家
林荫树下的一块毯子上,
一个男人在往两个杯子里斟酒

一个女人把木楔子
从带盖的柳条篮里抽出来
里面装满了面包、奶酪,还有好几种橄榄。

挂绳

那天，我在这间屋子浅蓝色的墙上
缓缓地来回弹跳，
从打字机蹦到钢琴，
从书架跳到地板上的一个信封，
然后发现自己落在字典的 G 部
眼光停在"挂绳"这个词上。

没有哪位法国作家咬了一口的饼干
能如此突然地把人送到过去的时光——
那时我坐在夏令营的手工台前
靠着阿迪朗达克山脉里一个很深的湖，
我在学怎样把一些细细的塑料条
编织成一根挂绳，送给母亲。

这之前我从来没有见人用过

或戴过什么挂绳,如果这就是其用处,
但这并不妨碍我
来来回回一股压着一股
直到为母亲做出了一根
红白相间的宽厚挂绳。

她给了我生命给了我乳汁,
我给她一根挂绳。
她无数次在病房照料我,
一勺一勺喂我吃药,
用凉凉的洗脸巾敷我的额头,
然后把我带到外面明亮的新鲜空气里

教我学会了走路和游泳,
而我,反过来,送给她一根挂绳。
收下这数以千计的早中晚三餐,她说,
收下这些衣服和良好的教育。
收下你的挂绳,我回答说,
这是我自己做的,营里的辅导员帮了点忙。

收下一个呼吸的身体,跳动的心脏,

健壮的双腿,骨骼和牙齿,

还有两只用来看世界的清澈眼睛,她轻声说,

那就收下,我说,我在夏令营做的挂绳。

那就收下,我现在渴望对她说,

一个更小的礼物——但不是那句古老的真话

即你永远不可能报答自己的母亲,

而是一个让人懊悔的实情:当她

从我手中接过那双色的挂绳,

我像所有的男孩那样坚信

自己无聊中编织的这个毫无用处、分文不值的东西

足以让我和她互不相欠。

朝着雕像射击的男孩

将近黄昏,

初冬的时候,一场小雪,

小小的公园里就我一人

目睹了那个孤独的男孩

绕着青铜雕像的底座奔跑。

我无法辨认刻在那里的

那位高高在上的政治家的名字,

他一只手搁在冰冷的臀部,

但那低头跑着的男孩

不断地把手指对准雕像

扣动想象中的扳机,

口里模仿着急促的枪声。

夜色变浓,气温骤降,
但男孩还在不停地绕圈
踏着雪地里他自己的脚印

同时盲目地朝空中射击。
历史永远无法终结,
我这样想,从北门离开了公园

慢慢地走回家
回到我工作的书桌前
那上面有我写过的纸张

像一片片玻璃
透过它们我能看见
数百只黑鸟在下面的天空里盘桓。

天才

上高中时他们会这样叫你
如果你在走廊里被鞋带绊一跤
手里的书撒满一地。

或者当你撞上储物柜开着的门,
你会被称为爱因斯坦,
那个臆想坐有轨电车驶向永恒的人。

后来,天才指的是某人
能够拿一小节粉笔写出圆周率
小数点后面的一百位数,

或者是某人仰天躺在脚手架上画画,
或是在空白处勾勒出一个水车,
或是即兴拉一小段夜曲。

但这周早些时候,在一条林间小径上,
我觉得那些浮在水库上的天鹅
才是真正的天才,

它们琢磨出怎么飞翔,
怎么既美丽又残酷,
怎么雌雄相伴终生。

一共有二十四个天才,
我像叶芝那样把它们一一数过,
分布在平静、清澈的水面——

如果算上白色的倒影就是四十八,
或者正好五十,如果算上我
和跑在前面的狗,

我们俩起码足够聪明
在那天早上出门——她嗅着地面,
我在清晨明亮的空气里抬起头。

今日要务

下了一周雨之后的早上
太阳光穿过树枝
照进高高的没有遮拦的窗户。

花猫翻过身朝天躺着,
我能听到你在厨房里
把咖啡豆磨成粉末。

一切都显得尤其鲜活
因为我知道我们都会死去,
首先是猫,然后是你,然后是我,

再往后一点就是那液化的太阳
这就是我想见的先后顺序。
但话说回来,也真的很难说。

那猫看着健康得可怕,
猫毛浓密而且带电
我好奇你都给他吃了些什么

也好奇你都给我吃了些什么,
此时我绕过一个角落
看到你在外面满是阳光的木平台上

专心锻炼,原地跑步,
双膝高高抬起,皮肤闪闪发亮——
还看到你的牙齿,你看似地久天长的笑容。

离心机

要描述当时的感受还真不容易,
我们交了入场费
走进那铝质的圆顶建筑,

然后就张开嘴站在
此前只是在报纸上读到过的
那台机器面前。

自然是庞大而且铮亮
但被螺栓固定,什么都不泄露。

这到底意味着什么?
我们显然都想知道,
是否在别的地方还有另一台机器——
比这还要强大——

但其功能正好相反?

这些都不是新问题,
但我们还是真诚地、反复地问着。

后来,当我们又回到家里——
一家六口坐下喝茶——
再次提出了这些问题,
如此便知道我们参与了
一个有巨大历史意义的讨论,
这讨论包括科学
也包括文学和天气

更不用说还包括楼下的房客,
因为有人说,
早些时候曾看见他离去
拎着一个行李箱和一把卷得紧紧的伞。

亡灵

我是被你送入长眠的狗,
你喜欢这样称那支泯灭之针,
我回来告诉你一个简单的事实:
我从来没喜欢过你——一点都没有。

舔你的脸的时候,
我想到的是咬掉你的鼻子。
看着你用毛巾擦干身体,
我恨不得跳起来一口去了你的势。

我讨厌你的一举一动,
完全没有动物的优雅,
讨厌你坐在椅子里进食的样子,
腿上放块餐巾,手里握把刀。

我本来可以跑掉,
但我太懦弱,这都是你调教出来的毛病
在我学怎么坐下和贴着人脚后跟走的时候,
而最大的羞辱,是本来没有手却跟人握手。

我承认我一看见狗链
就会很兴奋
但只是因为这意味着我可以
去嗅你从来不曾碰过的东西。

你不会相信我说的这些,
但我又何必撒谎。
我讨厌你的车,那些橡皮玩具,
厌恶你的朋友,尤其是你的亲戚。

叮当响的狗牌几乎要把我逼疯。
你挠我总是挠错地方。
我从来不想从你那里得到什么
除了食物和干净的水,放在我的金属盆里。

你睡觉的时候,我看着你呼吸
月亮这时也升到空中。
我需要用尽全身的力气
才能控制自己不仰头长嗥。

如今我摆脱了狗脖套的羁绊,
摆脱了黄色雨衣,绣有我姓名字母的毛衣,
还有你那荒唐可笑的草地,
关于这个地方你无需知道更多

除了一个你早就料想到
但很庆幸没有更早来临的事实——
那就是这里的每一位都能写能读,
狗擅长诗,猫和其他各位擅长散文。

传递

我想传递你
也想让你来传递我
就像传说中声音在水面上传递。

就在今天早上,在岸边,
我能听到湖对岸一条划艇里
两个人在轻轻地说话。

他们在谈钓鱼的事,
然后其中一人换了个话题,
这时,我可以肯定,他们开始谈论你。

哄哄我吧

我盖了几层被子
等着暖气管发出
一阵咕噜和嘶嘶声
等着水锤砰砰地敲打
把房间里的寒气吓跑。

我也在听一位蓝调歌手
名叫珍奇·布莱恩特
唱一曲"哄哄我吧"。

如果你不爱我,宝贝,她唱道,
可不可以请你尽量哄哄我?

我同时还在轻轻抚着狗的头
写下这些句子,

也就是说我很镇定地无视了
禅师的忠告
即一时只应专注一事。

只是倒茶,
只是端详花蕊,
只唱一首歌——
一时一事
如此你将从容淡定,
而这正是我想要的
当早晨开始像电扇叶片般转动。

如果你不爱我,宝贝,
她唱着,
此时窗口里的白昼月在隐去,
钟上的指针在旋转,
可不可以请你尽量哄哄我?

好吧,珍奇,我答道,
我会尽量哄你,

但首先我得学会一心一意地
听你唱歌,
一直等你唱完

才穿上拖鞋,
挤出一些牙膏,
然后对着镜子涂上一脸泡沫,

就此决心一时只专注一事——
你一次只唱一个音,亲爱的,
我一次只刷一颗牙。

诗歌的困扰

诗歌的困扰,我终于意识到
一天晚上当我沿着海滩散步——
脚下是清凉的佛罗里达海沙,
星星在空中闪耀——

诗歌的困扰在于
它总是激发人们去写更多的诗,
更多的孔雀鱼塞在鱼缸里,
更多的兔子宝宝
从兔妈妈身上蹦出,跳进露水打湿的草地。

那这事如何才会终结?
除非终于有一天
我们把世上所有的事物
比作了世上另外所有的事物,

于是没有任何事情剩下可做
只能悄悄地把笔记本合拢
双手交叉放在书桌上,枯坐。

诗歌让我充满快乐
于是我像风中的羽毛那样升起。
诗歌让我充满忧伤
于是我像桥头抛下的铁链那样沉没。

但更多的时候,诗歌
让我充满写诗的冲动,
只想坐在黑暗里等待那一簇火苗
出现在我的铅笔笔头。

与此同时,也还有偷窃的欲望,
渴望拿着手电戴着滑雪面罩
破门闯进别人的诗歌。

而我们又是一帮如此不开心的小偷,
扒手,司空见惯的盗贼,

我这样想着

当清凉的海浪漫过我的双脚

而灯塔上的高音喇叭转向海面,

这个意象我直接从

劳伦斯·费林盖蒂那里偷来——

此刻我要开诚布公——

旧金山那位爱骑自行车的诗人

他那本游乐场一样的小书

一直在我高中校服的侧兜里

陪我在遍地欺诈的学校楼道间走来走去。

选自《子弹飞行研究》

FROM *BALLISTICS*

2008

色彩明亮的船,翻过来搁在查尔斯河沿岸

关于它们还有什么可说的
除了这个标题已经说过的?
将近黎明时分我从窗明几净的房间
看到它们在那条河的对岸,
河水从某个隐蔽的源头流向
大海;但这话有点偏离了
那些色彩明亮的船,翻过来
搁在查尔斯河沿岸,
那是某个大学船队油亮的双桨赛艇。

在凌晨明净的光里它们真美——
红色,黄色,蓝色,绿色——
这就是我当时想说的,
但接下来一整天
我脑海里看到一个更轻盈的自己

用小小的麦克风喊着号子
先是对着一年里的十二个月,
然后是对着那十二个使徒,个个脸部扭曲
摇着长长的木桨,身子一起一伏。

寻找

记得有人曾经承认过
关于《安娜·卡列尼娜》他所记得的
只跟一个装野餐的篮子有关,

现在,读完一卷
介绍巴塞罗那的专著之后——
关于那里的人们、历史、复杂的建筑——

我所记得的就是其中提到
一头得了白化症的大猩猩,住在一个公园里
那里曾经屹立着波旁王室的城堡。

傍晚散步的人们在她面前留步
指给他们的孩子们看
她一身的白皙

比所有重要的人名和日期更加醒目。
当地人称她为雪花,
这里又白纸黑字地提到她

就是为了确保她苍白的火焰不断燃烧
为了她能继续存在,尽管名为雪花,
在这首诗里,她新找到的栖身的笼子。

啊,雪花,
我对加泰罗尼亚的首府毫无兴趣——
对那里的人们、历史、复杂的建筑——

兴趣全无,你才是为什么
我一直点灯读到深夜
来回翻动那些书页,上下把你寻找。

嗨起来

那个清朗的十月早晨,
只是因为一杯双份意式浓咖啡
和一颗抗抑郁药丸,

我在水库岸边,上面搁着
覆过来的划艇,
就已经觉得,用街头的行话来说

自己是在跟简·奥斯汀散步。
没错,我头戴皇冠,
就像瘾君子们爱说的那样,

在为查理织一顶遮阳帽,
在款待军人,
跟 H. G. 威尔士坐在他的书房里——

如此多的说法来表达

皇室的善意带来的好心情,

连拥有视力都是普天同庆的理由。

那天下午晚些时候

当我终于平静下来,

另一套词汇同样在等候着我。

坐在窗前有垫套的椅子里

黄昏哗哗地涌进来,

表面上我似乎无所事事,

其实内心里正忙着驾驭大理石,

像那些只读贴不回贴者爱说的那样——

在跟马可·波罗说话,

在用乌龟玩杂耍,

在经历甩干模式,

或者,没牛奶了——我最喜欢的说法,如果必须有一个。

有四个月亮的地球

我羡慕过有四个月亮的地球。
——《罗伯特·弗罗斯特手记》

也许他当时想到的是这首歌
"一小片月光的力量",
然后就很好奇
一大片月光可以带来什么。

但这会不会是一件事情好过了头?
如何是好,如果你无法把它们一一分开
而且它们总是同时升起
就像脸色苍白的四胞胎一起走进客厅。

没错,会有足够的光亮

让你半夜里起来写信或是读书,
要是喝了足够的龙舌兰酒
你甚至可以看到八轮明月在空中漫游。

但想想海滨上的那两个情侣吧,
他伸出胳膊抱着她裸露的肩膀,
格外激动今夜他们能亲密如此
而他和她各自望着不同的月亮。

无物

这种对日常事物的爱,
一部分很自然,来自婴儿期的好奇目光
一部分则基于一番文学的考量,

对晨间花朵的关注
然后去留心一只
沿着酒杯口漫步的苍蝇——

这样做的时候,我们是否只是在回避
我们唯一真实的宿命,把目光移开
无视身穿送葬人外套的菲利普·拉金在等候?

映在天空里的光秃秃的树枝
不会把任何人从将至的虚空解救,
桌上盛糖的碗和糖勺也无能为力。

那为何还去为那涂着黑白格子的灯塔费神？
为何把时间浪费在那只麻雀身上，
或者是沿途的野花

当我们都应该独自在自己在房间里
向生命之墙撞击
向它对面的死亡之墙撞击，

把身后的房门锁上
向着关于意义的问题
向着我们来自何处之谜狠掷石块？

萤火虫有什么用，
绿叶上滚动的水珠有什么用，
在浴缸里滑来滑去的肥皂又有什么用

当我们注定去做的
是去反复敲打那个神秘
竭尽全力，管他什么隔壁邻居？

反复敲打无物本身,

有些人用自己的额头,

还有一些人用心智的木槌,用高高举起的诗的颌骨。

第一晚

至于死亡,最糟糕的肯定是第一晚。
——胡安·拉蒙·希梅内斯

翻开你之前,希梅内斯,
我从来没有想到白天和夜晚
在死亡之圈里还会继续循环不断,

可现在你让我很好奇
那里是否也会有太阳和月亮
死者们是否会聚在一起看日出月落

然后散开,一个个孤魂,
回到令人毛骨悚然权当是床的地方。
或者那第一晚将是唯一的夜晚,

是没有其他名目的漫长黑暗?
面对死亡我们的词汇是多么无力,
想把它写下来又是多么困难。

在这里语言将止步,
我们驱使了一辈子的马
在令人目眩的悬崖边踢腿直立。

太初就有的言
和化成肉身的言——
那些和其他所有言词都不复存在。

即使是现在,坐在有花棚的门廊里读你的书,
我怎么去描写死亡降临之后还会发光的太阳?
但这已经让我足够恐慌

因而更加留意这世上的白昼月,
留意明晃晃的阳光映在水面
或是散落在小树丛里,

更加仔细地观察身边这些小小的叶子，
这些荆刺哨兵
它们的职责就是来把玫瑰守护。

巴黎的一月

诗从来没有被完成过——只是被遗弃了。
——保罗·瓦莱里

那个冬天我无事可做
除了栖身在墓场附近小客栈的顶层
在窗户紧闭的房间里拿壶烧水,

但有时候我会走下楼梯,
打开自行车锁,沿着寒冷的街道一路骑行
常常从宽敞的大街拐进
一条狭窄的、以某位不知名的爱国者
命名的小街。

我给自己定了几个规矩,

每经过一座桥都会在桥中央停下
把自行车靠在栏杆上
观察下面流动的河水
因为我想更好地了解法国人。

身着灰暗的大衣,头戴巴斯克贝雷帽
我或者骑过一家糕点店的窗口
或者挺身而坐,合抱双臂,
一路哗哗地滑下坡,鼻子里灌满冬天的风。

我看到乞丐和穿着耀眼制服
扫大街的人,有时也会
看到瓦莱里的诗,
那些他没有写完就放弃了的诗,
衣不遮体在这个城市的街头漫游。

这些诗大多数只需要最后一行
或两行,结尾处的绚丽一笔,
但每次当我走近,
他们都会从燃着的垃圾桶旁散开

消失在阴影里——瘦弱而残缺的幽灵,

被遗弃了如此漫长的岁月
他们怎么可能再度相信一个舞文弄墨的人?

我想跟你说起的那一位,邂逅她时
正坐在一家小餐馆里,桌上一杯玫瑰红葡萄酒——
美丽,枯瘦,功亏一篑,
被保罗·瓦莱里先生残忍地遗弃

在他潇洒一挥手之间,
这个象征派大佬
有段时间,还是国际联盟的
艺术文学委员会的主席,信不信由你。

你就别问我是怎么把她带出小餐馆,
经过楼下看门人,走上楼梯——
但别忘了巴黎可是公开亲吻之都。

也别去细究那些拥抱和挤压。

只需知道我挥动我的笔
如此这般,终于把她完成,

最后一节很简单,就像这首诗
以这样一个意象来结束:
一位美丽的孤儿躺在揉乱的床上,
大眼紧闭,
头上方有一幅画,画的是山谷里的牛群,

我在一旁靠窗而坐
黎明时分吸着烟卷,吞云吐雾。

子弹飞行研究

当我偶然看到那幅高速摄影
显示一颗子弹刚刚穿透一本书——
书页因为子弹的速度而爆裂——

我完全没去细究摄影术的奇迹
而是想知道摄影师
选了哪本书来拍下这个镜头。

脑子里马上想到很多小说
包括雷蒙德·钱德勒的作品
那里几乎没人会留意一颗额外的子弹。

非小说类的选择则太多——
一本关于苏格兰灯塔的历史,
一本贞德的传记,诸如此类。

也可以是一部中世纪文学选读，
那颗子弹正好让高文爵士身首分离
也打散了一队形形色色的朝圣客。

但后来，昏昏欲睡之际，
我意识到被处决的那本书
是不久前出版的一本诗集

作者是我不太感冒的某人
那颗子弹击穿他的作品时
每秒两千八百尺的速度

应该没有遇到什么阻力，
穿过讲述他可怜的童年的那些诗
那些哀叹世界是如此糟糕的诗，

然后再穿过作者的照片，
穿过他的络腮胡，圆形的眼镜，
还有他喜欢戴的特有的诗人帽子。

色情画

这幅有点滥情的乡村风俗画里,
一个满脸红光的家伙
头戴宽边帽,穿着圆鼓鼓的绿色长裤
正搂住一身红裙的村姑旋转
一个男孩拉着简陋的手风琴
身旁有只翻过来的木桶

上面摆着一把刀,一个水壶,还有一个小酒杯。
两个穿粗布上衣的男人
在一张木桌子上打牌。

背景里有一位戴着遮阳帽的女子
站在半掩的荷兰式木门后面
跟一个挂着拐杖的商人或是乞丐说话。

这个场景便足够让我欲火中烧,
情不自禁要跟你躺下,
或者一个很像你的人,

躺在清凉的大理石或任何舒坦的平面上,
看云朵飞快地飘过
大树的繁枝茂叶索索作响

跟小鸟啾啁的鸣唱汇合——
这幅画如此清晰地讲述着消逝了的岁月,
被淘汰的乐器,

一时兴起的欲念,还有那个几乎无人记得的画家
的腐烂尸骨
埋葬在今日法国某处的地下。

希腊罗马的雕塑

最先失去的似乎是鼻尖,
然后是胳膊和腿,
再然后就是石雕阴茎如果雕了这东西的话。

经常是整个头都随着鼻子而去
就像在古代罗马的小巷街头
烘烤面包时可能出现的情形。

鼓起双颊的半人半羊唇边曾经有过的
那支笛子绝无希望保存完整,
正如那牧羊童曾经拄过的拐杖,

长剑也不再紧握在战士的手中,
安睡的男孩失去了可怜的两只耳朵,
且不论阿芙洛狄忒断掉的手里曾经举着什么。

但躯干却是另一回事——
那个居中者,最不容易消失,很坦然地存活下来,
被一节管子撑着放在基座上,

孔武有力的石雕屁股依然如故,
如此光滑,不可或缺,谁都会毫不犹豫
脱离团队绕到后面去仔细端详。

这里的情形大概就是这样
透明屋顶洒下的柔和的光里,
到处都是缺胳膊少腿——

手指脚趾过于接近时间的切片器,
一只只手被时钟咔嚓削掉,
四肢纷纷卷进了夺命的脱粒机。

但来到室外的都市街头,
天下着雨,路面闪烁
活生生的人体熙攘着来回穿梭——

成千上万的鼻子仍然完好无损,
胳膊在挥动,双手正握紧,
肌肤温暖,额头光亮。

谁都不知道那一天将何时来到
当我们消失得无影无踪
除了我们站立过的结实底座

裸露户外,空无一物,
只有树间的风和云朵的影子
在它坚硬的大理石表层拂过。

地狱场景

我们没有得益于一位向导,
没有老巫婆把我们引入歧途,
也没有长者用拐杖指明道路,

只有穷山恶水需要穿过,
火的河流和烧焦的山峰,
然后我们终于可以往下看到

珠宝商正围着一个金指环奔跑,
老板被困在玻璃沙漏里,
面包师被面粉埋得只露出两只眼睛,

银行家一头跌在一块硬币上,
教师消失在一块黑板中,
食杂店老板压在蔬菜塔下默不作声。

我们看到飞行员在对地俯冲

妓女被一根床柱刺穿,

药剂师目光痴呆四处游走,

小孩用玩具车轮替代双腿。

你伸手指着那位

跟自己空荡荡的制服跳舞的士兵

我说看那双目失明的游客。

但真正引起我们注意的景象

浮现在一条长镜般的冰块里:

你点燃头上的灯芯,

我吹着将熄的火花,

我们的孩子们挣扎着爬出蛋壳。

度假中的河马

并不真的是一部电影的名字
但如果是,我肯定会去看。
我特别喜欢它们的短腿大头,
十足的河马模样。
好几百头河马在泥里嬉戏,
沿着一条宽阔、缓慢的河,
而我在邻里一家幽暗的小影院里
吃我的爆米花。
当它们张开巨大的嘴
露出粗短的大牙
我会喝我那杯巨大的可乐。

我会坐在椅子里
同时也在水里跟河马们玩耍,
一部真的了不起的电影

就应该是这样。

只有刻薄的影评人

才会问这度的是哪门子假?

遗失

完全是无意间弄丢了那枚硬币
你给我的吉祥物,一面是
某位皇帝的侧面像,另一面是棵棕榈树。

硬币在我黑色长裤的口袋里
晃荡了很多天,那条油漆斑驳的长裤,
走过很多店铺、加油站和游戏场,

然后就无影无踪,就像毕达哥拉斯
那些遗失了的定律一样,或者像奥维德的
《美狄亚》,也从时间的栅栏间溜走,

根本抓不住,就如那桩莫名的罪孽
把诗人流放到黑海岸边一块冰冷的岩石上,
永远失宠于奥古斯都皇帝,

最后死在那里，但死前

曾写下一首诗，关于那片海水里的鱼，

而他一直没有，这个我们知道，变成那条鱼，

也没有变成一朵花，一棵树，或一条小溪，

没有像凯撒大帝那样变成一颗彗星，

甚至都没有变成一只可以飞回罗马的小鸟。

紧张气氛

千万不要使用"突然"一词来营造紧张气氛。
——《小说写作指南》

突然,你在外面的花园里
种植黄色的牵牛花,
而我突然在书房里
第三十七次查找"寡头政治"是什么意思。

当你突然,毫无预兆地,
把育苗盒里最后一株牵牛花种好,
我突然把字典合上
因为已经想起了那个可恶的统治方式。

稍后片刻,我们发现自己

突然都站在厨房里

你突然打开一罐猫食

而我也突然看着你这番操作。

我看见满窗的树叶晃动

窗户之外,一只鸟栖息在

供它们洗澡的石水盆边沿

这时你突然宣布要离开

去菜市买几样东西

我也让你惊愕不已

情绪冲动地指出家里黄油所剩不多

再买一箱葡萄酒也不错。

谁知道下一刻还会发生什么?

水龙头再漏下一滴水?

秒钟又轻微地痉挛一次?

那幅满钵秋梨的静物画还会继续

挂在墙头的钉子上吗?

那些厚重的文选集还会静待在书架上吗?
煤气炉会不会坚守不动?
突然,谁心里都没数。

太阳在天空又升高了一节。
墙上地图里各州的首府仍然毫无动静
此时我突然发现自己躺在沙发上
双眼合拢,然后毫无预兆地

开始想见安第斯山脉,真是匪夷所思,
还看到一条小道翻过丛山,进入另一个国度
那里风俗奇特,帽子引人注目
每一顶突然都缀满了五颜六色的小流苏。

金色年华

这些漫长的日子我所做的
就是坐在野鸡岭的厨房里,
从那里既看不到什么岭
我上次留意时,也没有野鸡。

我可以开车去鹌鹑瀑
找人打桥牌度过这一日,
但那里既无瀑布又缺鹌鹑
野鸡岭我只会想起你。

狐狸坡那边我认识一位寡妇
还有一位在烟霭岩有自己的房子。
两人中有一个抽烟,但都不能跑步,
那我还是应该不失信于米奇。

是谁铲平了岩崖又惊吓了狐狸?
在野鸡岭的厨房里我纳闷不已。

(局部)

临近岁末,
连续多日天空阴沉乌云密布,
我在有很多玻璃门窗的房间里喝茶
跟一位没有孩子的女人,
一扇门,但没有人经此来到这个世界。

她在翻看一本贵重的书
摊开在咖啡矮桌上,虽然我们喝的是茶,
书里是色彩缤纷的油画——
一幅幅风景,肖像,静物,
一片田野,一张脸,一只梨,一把刀,都在桌上翻动。

男人曾经进到那里但既没有女孩也没有男孩
出来过,我正莫名其妙地想着
她翻到一页后停下,上面有云朵

飘浮在淡淡的天空,晕染着红色和金色。
我最喜欢这幅,她说,

尽管那只是一个局部,一个角落
取自一幅大得多的、她从没见过的画。
她并不想看到云下面的乡村
或是所描绘的某个神话
好让那些滚滚的云朵显得完整。

这就已经足够,整体里的这个细节,
正如窗户里有树叶的景致就已经足够
当天色正一点点变暗,
正如她就已经足够,自身就很圆满
在人间这幅巨大壁画的某个局部。

格言

当夜深人静,树枝

在敲打着窗户

你也许会认为爱只不过是

从你自己这个煎锅跳进

另外一个人的火坑,

但事情比这要稍稍复杂一点。

它更像是用两只也许藏身

在那丛灌木里的鸟

来交换你并没有握在手中的那只。

一位智者曾说过爱

就像是强迫一匹马去喝水,

但那以后再也无人觉得他有何智慧。

有一点我们应该说清楚。

爱不是那么简单

不是穿着皇帝的衣服却不知道该从哪边起床。

不,爱更像是用一支笔

击败了一把剑之后的感觉。

有点像省下来的那一分钱,或是漏掉的那九针。

你隔着最后一支蜡烛的光晕看着我

跟我说爱是一股不会拐弯的

妖风,是一条吹着不祥之气的路,

但我在此提醒你,

当我们的影子在墙上颤抖,

爱是那只早鸟,即使迟到也好过永不现身。

落荒而逃的雕像

> 古代的希腊人……会把雕像绑起来,以防他们跑掉。
>
> ——迈克尔·基梅曼

说不定是渐渐暗下来的天空
让他们四处奔逃
在那个空气变成浅黄色的下午,

可难道他们不是习惯于赫然屹立在
我们城里的广场上
无论天气变得如何不可思议?

也许他们是被一张风吹过的
报纸上的标题吓着了

或者是被那些穿着制服练武术的孩子们?

是不是他们终于弄清了自己代表着谁
当他们用剑指着天上的云?
或者他们知道一些我们还不知道的事情?

不管是什么原因,谁都不会忘记
那个场面,所有的白色大理石雕像
从各自的基座跳下,匆匆离去。

公园里,吉他手们变得悄无声息。
遮阳伞下的小贩呆若木鸡。
一条狗试图躲到主人的影子里。

就连在树下下棋的人
都从棋盘上抬起头来
眼睁睁看着那些青铜将军们

滚下马来逃窜,留下他们的坐骑
低头盯着那些飞来飞去
从穷人那里又偷了一些面包渣的鸽子。

宝宝听

按照客人入住指南的说法,
这个海滨酒店提供的一项服务是宝宝听。

宝宝,听——并非是宝宝在听,
像我办理入住时以为的那样。

"把座机取下放好",
指南手册如此建议,
"工作人员就可以遥听你的婴儿",

"但工作人员",指南接着说,
"对该婴儿的健康状况
不负有任何责任。"

好吧:意思是有人来听宝宝。

但这个说法确实也意味着宝宝在听,
躺在我隔壁的房间里
听我的钢笔在纸上划动,

或者是大一点的宝宝
沿着酒店走廊爬过来
把好奇的小耳朵贴在我的房间门上。

幸运的是,对我们这些人来说,
诗歌里,这两者同样可信,
一次只表达一个意思则意味着出了故障。

诗歌需要那个趴在我房间门口细听的宝宝
和那个被人遥听的宝宝,
轻轻的呼吸声传进身边的电话。

也需要正对着婴儿床里弧形的话筒
发出痛苦声音的
宝宝

而恰好这时前台的女孩刚刚走到外面

去跟男朋友抽口烟

在暗处,前面是北海不断起伏的巨大波涛。

诗歌需要那个宝宝,

更甚于需要其他的宝宝。

浴缸家庭

这并不是我生造的一个词
尽管我会很开心
如果是我在笔记本上写下了这些字
然后抬头看天,猜想他们是什么意思。

并没有,我是在药杂店里看到"浴缸家庭"
贴在一个透明塑料包的标签上
里面装着一条母牛和四只牛犊,
可以浮在浴缸里的一家小动物。

我犹豫再三还是没买
因为那样我就会想要整个浴缸家庭系列,
浴缸将会变得拥挤不堪
一群群的乌龟,猪,海豹,长颈鹿和我。

有这些字就已经足够,
就足以让我更加感激
我出生在美利坚
而英语是我的母语。

我也足够幸运,当时在等着
药剂师给我抓药,
不然我就可能不会漫步
到摆放着浴缸家庭的过道。

我想我真正想说的是语言
比现实要好,因此你并不需要
等到泡澡的时候才去享受
那些绕着你的头浮在空中的浴缸家庭。

那条鱼

那位年纪有点大了的服务员
刚把我点的鱼在我面前放好,
那条鱼就开始瞪着我
用它那只扁平、斑斓的眼睛。

它似乎在说,我真为你难过,
独自在这个糟糕的饭馆进餐
上下被这冷漠的光线照着
四周又是这些恶俗的西西里壁画。

那我也为你感到难过——
被人从大海里钓出来,此时陈尸
在匹兹堡,与煮熟的土豆为伴——
我回答着鱼,拿起了叉子。

就这样,在一个举目无亲

有河流和灯火通明的桥梁的城市

我的晚餐不仅有冰镇的白葡萄酒

和柠檬块幸临,同时还有怜悯和哀伤

直到服务员撤走我的碟子

那上面的鱼头还在瞪着眼

精巧鱼刺形成的圆筒般拱形

不堪地裸露着,只裹了薄薄一层荷兰芹。

一条狗论他的主人

虽然我看着年轻,

但比他老得快,

七比一

是他们常说的比率。

不管具体数目是什么,

我总有一天会超过他

由我来带路

就像在林子里散步时那样。

而如果他终于能

意识到这一点,

那将是我在积雪或草地上

投下的最开心的影子。

了不起的美国诗

如果这是部小说,
开始时会有一个人物,
南行的火车上独自一人的男子
或是在农舍旁荡秋千的女孩。

随着书页翻过,你会被告知
这时是早晨还是深夜,
而我,作为叙述者,会为你描写
那幢农舍上方形状各异的浮云

还有火车上那个男人的穿着
连他红色的格子围巾也不放过,
包括他扔到放物架上的帽子,
还有窗外滑过的牛群。

终于——大家只能读得这么快——
你会发现要么是这列火车
正把这个男子带回他的故乡
要么是他正扑进茫茫的未知世界,

而你也许愿意忍受这一切
因为你在耐心等待着枪声
在男子藏身的峡谷响起
或是门口出现一个头发乌黑的高个子女人。

但这是一首诗,
里面只有你我两个人物,
共在一个想象的房间里
而再过几行这个房间就会消失,

因此我们没有时间去拔枪相对
或是把各自的衣服扔进熊熊壁炉。
我问你:谁需要火车上这个男子
谁又在乎他黑色行囊里装的是什么?

我们所拥有的要远远好过

那一番轻举妄动造成的两败俱伤。

我说的是一旦我停止写作并放下这支笔,

我们将听到的声音。

我曾听到有人将其比作

麦地里的蟋蟀发出的声音

或者,更轻一点,只是风

吹过麦地吹动我们永远看不见的事物。

离婚

从前,床上的两把勺子
现在,有尖齿的叉子

隔着花岗岩桌子
外加他们雇来的刀子。

这只小猪猪去了菜场

通常你会这样说,当你开始
轻轻扯一个小孩的脚趾头,
这对我从来就不是个问题。
我可以轻易想象小猪猪提着篮子
四个蹄子扬起尘土奔跑在某条假想的路上。

每次都让我半途而止的
是中间那个趾头——这只小猪猪吃了烤牛肉。
我知道我爱吃有烤牛肉的三明治
加上生菜、番茄、一点辣根酱,
但我没法想象一头猪去熟食店买这个。

我也许有点太死心眼——
我甚至在想为什么叫作"辣根酱"。
我其实应该跟着这首儿歌

动人的胡话,随大流走。
毕竟,小杰克这首歌就特别让我心动。

我不想问一些跟靴猫剑客无关的问题
从而扫了孩子们晚会的兴致,
或者,又来了,问猪吃牛肉的含义。
顺便说一句,我完全知道什么叫
"呜呜呜"一路哭回家,
因为经历了很多次,很清楚那是什么感觉。

中餐馆里独自用餐的老人

我很庆幸那时拒绝了这个诱惑,
如果年轻时确实有种诱惑
去写一首诗,关于一个老人
独自在中餐馆靠墙角的桌子用餐。

我会把整个事情都搞错
以为这个老家伙举目无亲
只能靠一本书来作伴。
他很可能会从钱包里掏现金买单。

真庆幸我等了这几十年
才来记下今天下午张家馆里的
酸辣汤有多么酸辣
霜花玻璃杯里的中国啤酒是多么冰凉。

而我手里这本书——碰巧是
何塞·萨拉马戈的《失明症漫记》——是如此引人入胜
只是在被又一个精彩的句子震住时
我才抬起头,暂离书中不断加速的恐怖。

我还应该提到
此刻从高大的窗户洒下来的光
把照到的东西都变作斜体——
碟子和茶壶,一尘不染的桌布,

还有女服务员浅褐色的头发,
她身着白色衬衫,黑色短裙,
这时正微笑着,端了一碗米饭
和蒜炒牛柳来到墙角我最喜欢的桌前。

我的天哪!

不光是在教堂

而且每晚在她们的床边

现在的年轻女孩都会祷告。

不管她们去到哪里,

祈祷都织进了她们的言谈

像一根明亮的充满惊叹的线。

就连在步行街上

一串串的赞美

也从她们晶莹的唇间不断涌出。

未来

当我终于到达那里——
这将需要很多的白天和黑夜——
我想应该会有人在等候
甚至会想知道我看到过的事情。

于是我会忆起某个特别的天空
或是一位披着白色浴袍的女人
或是我去参观一个狭窄的海峡
那里曾爆发过著名的海上战役。

然后我会在桌上铺开
一张我的世界大地图
向身穿灰暗衣服的未来的人们
解释曾经发生过什么——

山脉怎样在峡谷间升起
这被称为地理,
满载的货船如何在河道里穿行
这被叫作商业,

来自这个粉红色地区的人
进入到这个浅绿色地区
放火,杀死所有他们能找到的人
这被称为历史——

他们会听着,眼神温和,一言不发,
但越来越多的人过来围成一圈,
就像水波朝着扔进池塘的石头
聚拢,而不是往外扩散。

使者

去吧,小小的书,
走出这所房子,走进世界,

朝城里一路驶去的纸马车
只载着一位乘客
去躲开这支躁动不安的笔
远离这张书桌,这盏探头探脑的鹅颈台灯。

是时候去浪迹天涯,
穿上外套,勇敢地走到户外,
是时候去接受他人的目光,
因为迟早会捧在异乡人手中。

出门去吧,大脑的婴孩们,
就此挥手告别,但带上父亲的几句箴言:

你想在外面玩到多晚都可以，
不必麻烦来电话或写信，
尽量多跟陌生人交谈。

选自《死者的星象》

FROM *HOROSCOPES FOR THE DEAD*

2011

坟墓

你们觉得这副新眼镜怎么样
我问道,站在树荫下
父母合葬的墓前,

之后便是久久的静寂
降临到一排排死者之间
四周的空地和远处的树林,

那是一百种静寂之一种,
按照中国人的说法,
而且每种都不一样,

其差别是如此微妙
只有几位特殊的僧侣
才能把它们区分开来。

这样你看着很像个学者,
我听见母亲说
当我躺到地上

把耳朵贴进柔软的草里。
然后我翻过身来
把另一只耳朵也贴在地上,

父亲喜欢对着这只耳朵说话,
但他这时什么也没说,
而我也无法从中国人说的

一百种静寂里找到一种
跟他造成的无声相吻合
尽管是我刚刚才

杜撰出中国人认为
有一百种静寂的说法——
夜半客船的静寂,

莲花的静寂,

那是静寂的古寺晨钟的近亲

只不过更深沉柔和,像花瓣,在它最远的边际。

巴勒摩

我们那时离开酒店房间真是犯傻。
空无一人的露天广场热气蒸腾。
大钟像是就要融化。

酷热是一杆木槌,击中了球
让它蹦跳着滚进夏天的荨麻丛里。
就连蜜蜂都已经收工回巢。

除了我们,唯一还在动的
(这时我们已经站在一块遮阳蓬下)
是一只东跑西窜的松鼠,

他似乎拿不定主意
是否横穿这条街,
因为迟疑不决他首尾都在抽搐。

你朝一家店铺的窗口探望

我却在观看那只松鼠,

他这时正抬起前腿站着,

四下里察看一番之后,

开始用美丽的嗓音

唱一曲忧伤的关于生死的咏叹调,

他两个前爪抱在胸口,

脸上充满了憧憬和希望,

太阳光劈头盖脑地洒下来

落在这个城市的屋顶和遮阳蓬上,

而地球在继续旋转

跟当晚后来出现的月亮

保持固定的距离,

那时我们坐在一个小餐馆里

在店老板的怂恿下

我站到桌子上

为你和其他在场的人

唱起了松鼠教给我的那支歌。

终有一死

无需太多的提醒我就知道
自己只不过是一只蜉蝣,
一个肥皂泡,孩子们聚会时在他们头上飘过。

每次在博物馆
站在恐龙骨骼的下面都有这个效果,
或者是面对玻璃柜里一块来自月球的石头。

就连圣安妮教堂都可以,
我刚刚才在一本杂志上了解到这个建筑——
1722年建于科克城,用的是砂岩和石灰岩。

而当我意识到
所有挺身步入时间之海者
迄今无人找到一条免死通道

便总会有缰绳把我勒住,让我在路边
停步,心存感激有甘甜的野草
还有可以咀嚼的缤纷野花。

关于我必死的提醒是如此之多
这里,那里,处处都是,时时可见,
我能想到的都是如此,唯有你是例外

挂在可可海滩这家酒吧门上的招牌,
声称该店创建于——
尽管创建听着不太对头——1996。

来客

我知道你几天前把九朵白色的郁金香
插进有水的玻璃花瓶
放在这间客房里

不是为了标出时间的流逝,
那是一条鱼,如果尾巴被钉在
客人床头的墙上,就可以做到的事。

但今天一大早我还是注意到
灰白的光线里
她们垂下的头,

其中两朵甚至都触到了
靠近窗户的玻璃桌面,
花瓣敞开着

因为她们已经无法把持自己,

而我放在门边的行李箱还有一半原封未动。

黄金

我不想把这事说得太玄乎,
但因为卧室朝东
前面又是佛罗里达的一个湖

因此当太阳开始上升
然后从水面上反射过来时,
整个房间便弥漫着

金色的光,那种也许
会在夏至的黎明时分横穿
巨石建成的陵墓里某条甬道的光。

再说一遍,我不想太夸张,
但这让我想起一道特殊的光
可以照亮一个暗室的四壁

里面堆满了宝藏
珍珠和金币从银盘上溢满流出。

我想把它比作阿芙洛狄忒
在人类眼中点燃的火
这样我们便可以看到
另外的三个元素,

但我最不想做的
是把这事讲得天花乱坠
以至失去你的信任。

这么说吧,清晨这道光
会让所有人都想到
但丁在《天堂篇》最后的诗篇中

调动的各种光环
来彰显上帝的在场
并由此把整部《神曲》推向
令人惊叹的高潮,让我就此打住。

创世纪

当时已经很晚,这不用说,
桌上只剩下我们俩
还在慢慢品赏第二瓶酒,

这时你推测说也许是先有了夏娃
而亚当开始时只是一根肋骨
从她身上蹦了出来,在天堂里的某个下午。

有可能,我记得自己这样说,
因为那个时候什么都可能,
我还提到那条说人话的蛇
和把脖子从挪亚方舟里伸出来的长颈鹿,
旧约记载的倾盆大雨中它们仰起鼻子。

我喜欢心性随和的人,你当时说,

朝我举起烛光照亮的酒杯
我也向你举起酒杯，同时开始思忖

做你的一根肋骨会是什么样的生活——
随时都和你在一起，
跟在你的衬衫和皮肤下四处走动，
被你柔软的乳房笼罩着，

应当是你最喜欢的肋骨，我如此推定，
如果你有兴致停下来数一数，
这正是那天晚上我做的事
在你入睡之后
我们前胸贴着后背紧紧地挨着，
你的长腿量着我的腿长，
我的手指，因为爱，在那里痴迷地来回数着。

死者的星象

自从你一去不返,每天早晨
我都会在报纸里读有关于你的事情
还有赛事比分,天气预报,以及所有的坏消息。

某些天他们会说今天
对你不会是特别罗曼蒂克的一天,
在求学方面你不会遇到什么挑战,
上班的时候也无需格外谨慎小心。

换一天,我得知你应该抓住
出门旅行和结识新朋友的机会
但你对这两件事从来就不太用心。

我无法想象你会以积极的态度
去面对新的问题,但在三月的这个工作日,

你肯定不会去积极面对,绝对不会。
你还会以同样消极的态度
对待参加集体活动时可能得到的娱乐,
属于你的星象的每个人大概都会如此。

收入大幅度提高可以是
款待你自己的理由,但这更适用于
那些还活着的双鱼座的人,
他们还在生活之流里游来游去
或是浮在游泳池里,头上是低垂的树荫。

但你可以放心的是
你现在不再需要总是三思而后行
不必更多地顾及别人,
而有创意的工作再也无需让位于
你几乎从来就没有过的各种业务责任。

今天或任何一天你都不必
为由于不愿意理性地跟众多的同事交往
而造成的种种问题发愁。

不再有奋斗目标，不再有罗曼史，

不再有钱、孩子、工作或重要的任务，

不过，话说回来，你从来就没有被这些拖累。

因此现在就让我来

为成功和可能随后而来的财富做精心安排，

珍惜我心中亲爱的人

同时欢迎所有可能来临的精神激荡，

尽管这让这个星期二听起来十分忙碌。

我不如还是把报纸叠起，

穿上昨天穿过的同一套衣服

（当时我读到你的财务前景正看好）

推出并骑上我紫铜色的自行车

沿着海湾的滨海小路一路踩踏而去。

你就还是原地不动，

穿着美丽的蓝色套装躺着那里，

双手交叉放在胸前，像小鸟的翅膀

它完成的迁徙很是奇怪

不是朝南或朝北飞行

而是从大地垂直升起

穿过黄道十二宫的巨大圆圈。

地狱

我的预感是它比到大商场去买张床垫
要糟糕得多,

其延续的时间毫无疑问会长很多,
尽管这里不会有干草叉子随时捅你,
也无需害怕火焰把你吞噬,
这里只有这个洞穴般的商店,迷宫一样的床铺。

可是当我漫步经过那些爽朗的国王级特大床,
更合常情的女王级大床,
还有那些郁郁寡欢
绝不会铺上绸缎床单的单人床,

我想到了《地狱篇》里的一段,
我当场可以完整地背诵

用英语，甚至意大利语

如果那个盯着我们不放的推销员 ——
他短袖衬衫的口袋里
一包揉皱了的新港牌香烟清晰可见 ——
能够稍稍停顿一下，而不是坚持要我们
先试睡这张，然后再试更软和的这张，

我们只有遵命并排躺下试睡，
胳膊僵硬，坟墓上的两个人形，
完全无法想象这样躺着
怎么可能入睡或者爱
头顶是一排排毫不留情的荧光灯，
但丁绝对会把它们写进去的
假若他今天仰身躺在我们之间。

有关鸟的问题

我要去坐在水边的岩石上
或是一片草坡里
白云高高地浮在头顶,

我将停止说话
为了在那个地方漫步
也许像约翰·奥杜邦那样

走过阳光斑驳的森林,
不时停下来靠着
一棵榆树,擦额前的汗,

然后听鸟唱歌。
他是不是跟我一样,也想知道
那些鸟是怎么听其他鸟类的歌?

是不是就跟听露天集市上的
中国摊贩差不多？
或者说所有的鸟类互相都能完全听懂？

那常常从树顶传到我耳中
神经质的叽叽喳喳
是不是来自某个不知疲倦的小翻译？

水彩

天空开始倾斜,
光往更高的云层移动,
于是我拿起画笔
用小水杯到溪流里舀水,

可刚刚在纸上涂上几道灰色
外加一点点绿,
水就立即开始往下流,
好多小溪寻找大河。

又一次,我还是晚了——
天空此时再次转动,
就像是为了去面对
某个神伸出的手臂里揽着的镜子。

为三一学校三百周年校庆而作

当有人要我回望三百年前
亚美利加多山的风景,
我肯定是拿错了笔,
因为墨水管里没有任何诗意流动。

于是团团转了好几天,像一匹瞎马
身上套着橡树杆,树杆推着磨盘,
这景象多年以前我们也许见过——
大麦就这样在湍急却安静的磨坊水槽旁碾碎——

由此而带来了其他的场景:浓烟滚滚的战场,
房屋的框架,通衢大道上高耸的教堂尖顶,
我爬到那个尖顶上,于是看到了更多,
一个国家正在建成,用原木和文字,用想法和楔子。

但无法看见我的先辈中辈分最远的,
我现在住的房子也还不是牧草地,
只是一个长着树木、布满冰川纪岩石的山坡,
但在没有桥的岛上我看到来自荷兰的男男女女。

还看到一队人在这个背景里蜿蜒而行,
从他们的书包和外套来看,似乎是学生,
一共三百人,每人代表着一个学年
排成单行穿过多少年代走到眼前。

我想到他们用字母和数字写满的
一张张纸,扬起来的粉笔头,
不断改变的旗帜耷拉在墙角,举起的手,
虹膜里求知的目光火花般闪烁。

然后我听到他们唱歌,所有的嗓音
都加入了轻快的合唱,所有的岁月
都因为他们和谐的赞歌而浑然一体,
历史成为同一的和弦,时间是其基调和音节。

没人坐的椅子

湖边一些房子的前廊和草地上
你会看到它们,
通常是成双成对,暗示着两个情侣

也许会坐在那里眺望
湖水或是那些高大的遮阳树。
可问题是你从来就没见过

有谁坐在这些落寞的椅子上,
虽然曾经肯定有人觉得
这是个停下小憩,什么事都不做的好地方。

有些时候,两把椅子间
还会有一张小桌子,但没人
在上面放一个杯子或是一本倒扣的书。

这也许并不关我的事,
但我们可以假设有那么一天
那些把这些空椅子放在

游廊或小码头上的人都坐到椅子里
哪怕只是为了回想起
当时他们究竟觉得有什么东西

值得坐在两把并排的椅子上来观赏,
中间还加上了一张桌子。
那一天的云朵巨大而且浮在高空。

看书的女人抬起头来。
男人啜一口饮料。
剩下的就是他们望着远处的声音,

湖水轻轻拍打的声音,还有一只孤鸟的鸣叫
然后又有一声,不知是愉悦还是警示的叫声——
猜测之中便把时间度过。

背诵约翰·多恩的《日出》

每个读者都喜欢他训斥
太阳的方式,对着不列颠的天空
大喊忙碌的老傻瓜,虽然那个
十七世纪的早晨很可能是云层密布。

而在晴朗的今天,多么让人开心
一边在地毯上踱步一边重复着那些句子,
直到所有音节都各就各位,
然后抱着合上的书
站定并宣告,
所有的钟点、日子和月份都是时间的碎片。

但刚刚进到第二节还没几步,
在那里他情人的双眸让太阳失明,
我就觉得第一节已经开始消失

就像大风天里写在空中的字母变作丝丝浮云。

而等我领会了第三节，
第二节同样也消散，变作一支吹灭的蜡烛，
一缕飘摇的刺鼻青烟。

直到我走出房子
绕着这个隐秘的小湖步行三圈
这首诗才开始露出
些许兴趣伴我行走。

然而，在我完成环湖行之后，
那个彬彬有礼的国度，
在那里她是所有的邦国而他是所有的君主，

以及那种足以把广阔世界
压缩成一间卧室的爱的力量，

还有把所有这些都压缩到
如同三间房子似的诗节里的过程，

这一切都不如,在诗里来回徜徉数个小时,
把每一行诗都像地板那样试过之后,
它终于跟我如影随形,浓缩成心中的一小点。

我未出生的孩子们

……你所有的孩子中,
只填写那些出生了的。
——维丝瓦娃·辛波斯卡

他们是如此众多有时我也稀里糊涂,
最近一次清点总有好几百
而那已是多年之前。

我记得有一个是用大理石做成,
还有一个,有些天里看着像鹅
另外一些天里则像白色的花朵。

他们中间很多只在梦里出现
或者是我困在某个吝啬鬼的房子里

用冰冷的手写诗的时候。

其他的则更像我,
身穿旧衬衫,先是望着窗外
然后再凝视茫茫黑夜。

他们没有一个被选拔进长曲棍球队,
但每一位都让我骄傲
就跟他们没能出生的那天一样。

谁也没法说——
也许今晚或者这周晚些时候
我又有一个孩子未能出生。

我看到的下一个还是婴儿
赤身躺在贴满星星的天花板下
但时间很短,

然后我看见他是个身穿灰色长袍的僧人
在一个缥缈的寺院铺满碎石的庭院里

来回踱步，

他垂着头，纳闷我在哪里。

宿醉

假若今天早上我被加冕为帝,
那么在这个酒店的泳池里
玩马可·波罗游戏的每一个孩子,
来来回回地喊着马可·波罗的名字

马可　　波罗　　马可　　波罗

都必须读一本马可·波罗的
传记——书很长而且字很小——
和一本中国史,一本威尼斯史,
那是备受崇敬的探险家出生的地方

马可　　波罗　　马可　　波罗

然后每个孩子都由我来

考试,再以溺毙的方式处死
不管他们勉强记住了多少
有关那个辉煌的人生和时代

马可　　波罗　　马可　　波罗

餐桌闲谈

我们一行人在芝加哥的一家餐厅
刚刚围着一条长桌坐下准备晚餐
大家都还在仔细研究那厚厚的菜谱,
这时,其中一位——络腮胡子,彩色领带——
问在座的人有没有考虑过
用芝诺的悖论来解释圣塞巴斯蒂安的殉道。

这两个人物之间的差别
远远大于我正犹豫不决的
烤仔鸡和杏仁鳟鱼之间的差别
于是我抬起头,合上菜谱。

如果,戴领带的人接着说,
一个在空间运行的物体
将永远无法抵达目的地,因为它总是

只能完成全部距离的一半,

那么也就是说圣塞巴斯蒂安并不是
因为箭头带来的创伤而身亡:
死因是眼看着箭头逼近而产生的恐惧。
圣徒塞巴斯蒂安,按照芝诺的说法,死于心肌梗塞。

我来一份鳟鱼吧,我跟侍者说
因为这时恰好轮到我,
但整个晚餐,虽然菜肴精致
我却一直想着那些箭头在不断逼近

圣塞巴斯蒂安苍白、颤抖的肌肉,
一群箭头不断地飞完离他的身体已经很近的
距离之一半,而他被绑在柱子上,
哪怕射手们都已收拾好弓箭回家歇息。

于是我想起那颗一直没有抵达
威廉·巴勒斯太太身体的子弹,她头上瑟瑟发抖的苹果,
泼出来的硫酸从来没有溅到那个女孩的脸上,

还有那辆老式轿车也从来没有把我的狗撞到沟里。

芝诺的各种理论在餐桌上飘荡
就像来自基督前五世纪的思想气泡,
但我手中的叉子接连来到嘴边
送上一口又一口的芦笋和脆皮鳟鱼,

用完餐碰完杯之后,
我们走出餐厅,在街头说声再见
就各走各的路,在事物确实会到来的世界里,

一般来说人们会到达他们要去的地方——
火车顶着一团蒸汽驶入车站,
鹅群哗啦啦地降落在水池,
你爱的人走过房间来到你怀里——

还有,没错,尖利的箭头会刺穿身躯,
让鲜血溅满圣徒的下身和双脚,

这可是欧洲宗教画里常见的题材。
一位为圣徒作传的人曾把他比作刺猬,浑身硬刺林立。

传送

月光映在靠近屋顶的窗户里，
我那支歪笔的影子横在纸上，
令我不由企盼我离世的消息

最好不要让黑色卡车来传送
而是一个孩子试图描画的那辆卡车——
长方形的车厢，

车身上有几个字，
然后是鼓出来的驾驶室，蛋型的车轮，
也许还有一个司机捉摸不透的侧影，

一股股白烟
从尾气管喷出，画得像花一样
表情类似天上的云朵，只不过要小一些。

她的话

当他跟我说他指望我买晚饭的单,
我简直是别逗我了。

我并没有直接就是别逗我了。
我只是类似别逗我了。

就像我说的,我简直是别逗我了。

我真想告诉你
我当时怎么看着像是别逗我了
但并没有完全就是别逗我了,

我现在想说的是我当时觉得
我跟别逗我了已经很相似了。

已经够接近的了
在当晚的那个节点

尽管这个意思是我并没有
真的就推开桌子站起来尖叫
别逗我了，

看在老天的份上，你能不能别逗我了？！

没有，在那个时刻
雨水正顺着餐馆的窗户一股股流下
服务生正走过来，

我觉得我能做的简直是

在一定程度上

别逗我了。

默画你的肖像

我似乎已经忘了做此事时

很关键的几个地方,

比如,你的下嘴唇是怎样

跟上嘴唇合在一起,除了是位于其下方

而鼻端部分又是怎么回事,

给你脸颊的平面带来多少投影,

从这个角度是不是甚至能看到一点鼻翼?

华人眼,你这样形容

这也许是为什么我发现

要点出你虹膜上的光亮有点难,

而分隔了这么远这么久,

我记不起你深深的河水一样的头发

朝哪个方向流。

但这一切都会水落石出

当我在车站又见到你，
笔和笔记本都收好，
双手捧着你微笑的脸，
或者当我们回到家，你双眉紧皱
在厨房里斥责我
在我眼前挥着那几张纸
质问这个最新的小婊子姓甚名谁。

墓地骑车行

我这辆紫铜色的新自行车
蓝天下很是精致漂亮,
我踏着它在一条沙路上转悠
在棕榈墓地,在佛罗里达,

经过了很多墓碑,有莱恩夫妇,
坎贝尔夫妇,邓拉普夫妇,还有达文波特夫妇,
亚瑟和艾瑟尔,太太比丈夫多活了十一年
这个我放慢了速度才注意到,

但并没有慢到摔倒在地的程度。
这里有个家伙名叫开心·格兰特
紧贴着他太太瑾躺在他们宽大无边的床上。
那边是安妮·苏·西姆斯,听起来

比西奥多西娅·S.霍利好玩得多。

下午好,艾米丽·珀拉塞克

还有你们俩,乔治和简·库珀夫妇,

两人侧着头相对而视,一枚硬币的两面。

真想用我的放物筐带上你们大家

在这个明媚的四月天去兜风,

但这没你的名字那么简单,比尔·史密斯,

甚至比克莱伦斯·奥古斯都·科丁顿这个名字还要难办。

那么只带上你怎么样,伊妮德·帕克?

要不要撩起你那宽松的复层裙子

侧身坐在自行车的横梁上

告诉我 1863 到 1931 年间发生了什么?

我甚至会让你摁这银色的铃铛。

如果你没准备好,我当然可以请

在西班牙苔藓那摇摆的灰胡须下

长眠的玛丽·布伦南爬起来,跟我一起

在这些属于死者的过道里穿行

听她奇怪的笑声

看一群乌鸦在蓝天里拍翅飞过

两个车轮的辐条映着让人眼花的阳光。

湖畔

说到视觉幻象
这可是相当壮观的一幕,
一簇闪亮的星星
就像负有一个秘密使命
在夜空里穿行,

而实际上,当然,只是低悬的云层
被一阵东风吹到我头顶
在那里飘动。
然后不管我怎么睁大眼睛
都无法再让那些星星挪动一步。

这就像那难以说清的
鸭子兔子测试图——
哎,就连喜欢悖论的维特根斯坦

都没法回到那只兔子
一旦他认出了那个鸭嘴。

但在这里哪个是哪个?
是那些星星等于兔子
还是吹散的云就是鸭子?
或者应该反过来说?
你真太荒唐,

在回到房子的路上,
我对自己说,
但就在这时正确的答案把我击中
不像一道霹雳,
更像是一卷厚重的布。

我的英雄

就在野兔唰地跑过终点线之际,
乌龟又在路边
停了下来,
这次是伸出脖子
去啃甜甜的草,
不像上次那样
被一朵野花花蕊里嗡嗡作响的蜜蜂
分散了注意力。

西礁岛一家旧雪茄厂里的诗歌工作坊

上完最后一堂课,当我们四散而去
就像几十年前在这里卷雪茄的人那样走散,
大家最后一次从板凳上起身
而给全班朗诵的那位男子
没有把他读到的最后一页标好就把书合上,
我很是欣赏自己表现出来的节制。

因为在那栋阳光充足的白色楼房里
我从来没有在卷雪茄和写诗之间做过类比。
甚至在我仔细地观看过陈列柜
里面放着带刃的开口销、环径量具,
还有可以测量雪茄长短的手持切刀之后,
我都没有暗示说雪茄也许可以作为诗的榜样。

我也从来就没有称道过那些无名的

滚雪茄和切雪茄的人,他们堪为楷模的勤奋——
最优秀的一天可以做出三百支雪茄
而你得运气好,一辈子才能写出三首完美的诗——
他们把一张张宽大的烟叶搓成
一根根可以轻盈地握在手上的烟卷。

我一次都没有暗示过,也许把某个直觉卷成
一个造型完美、手工制作的东西
会让读者不禁要把那个缠在上面的
彩色小绷带褪下,戴在她自己的手指上
然后在一团突如其来的烟雾里把诗人当作配偶。
是的,这一切我都藏在心里,直到此刻。

把铅笔放回盒子

一切都很好——
最初的几点阳光已经照在
那道矮墙后面黄色的花上,

人们开着车去上班,
而我从此再也不需要写作。

从今以后
四下里随意看看便足够。

谁说我总得担任
内心生活的秘书?

而且我已经善于面无表情,
目不转睛地盯着空中所有的零。

一定是这个夏天

在单人划艇里度过的时间

让我变成这样,

那条跟浅蓝色救生衣

特别般配的黄色划艇——

下水时那突然

摇晃不定的漂浮感,

其后的全力以赴,迎着风

在浅水波上划动,

但最舒服的是顺水漂回,

船桨横跨在划艇上,

在时间的中央我一片茫然。

就连那只深色的鸬鹚

立在"无尾流区"的告示牌上,

伸着他窄小的头

好像在打量着什么,

就连这个一脸狐疑的小家伙

都无法让我再多写一个字。

新作

NEW POEMS

内布拉斯加的沙丘鹤

真可惜六个月之前你没来,
在内布拉斯加人们很痛心地告诉我。
你本可以看到那令人震撼的景观,
数以千计的沙丘鹤
在普拉特河两岸觅食,甚至起舞。

实在没有必要去点破
当时我不可能在内布拉斯加
因为我当时正好身在别处,
于是我点点头,做出有些失望的表情
算是分担各位的难过。

这同样的表情我也做过
大约六个月前,在乔治亚,
那次他们说我正好错过了

一年一度杜鹃花盛开的场面
映着绿意盎然的春天灿烂夺目,

而同样,在这之前六个月,在佛蒙特
我也是到了后才知道
灿烂秋叶最辉煌的时刻刚刚过去,
人们所说的大自然母亲
用她五彩的笔把群山一一涂过,

这个现象,跟其他情形一样,
每年都大致同一个时间发生,而我显然
正好去了另一个州,困在汽车旅店的前厅里
读当地的报纸,用泡沫塑料杯子喝咖啡,
忙于错过老天爷才知道又是什么。

弃婴

在生活中不断地表达自我是多么不同寻常,
写下一些细微的事,
注意到一片树叶被溪水带走,
思忖我会变成什么,

然后终于独自来到灯下工作
仿佛一切都取决于此,
茫然地摸着稿纸往下走,
就像迷失在森林之中。

而这一幕居然都始于那个夜晚
在修道院前面的台阶上
我躺在临时当作婴儿车的
针线篮里,睁眼往上看,

目不转睛地盯着纷乱的冬季夜空,
但实在是太年幼,什么都不懂
包括自己为什么会被遗弃——
但就在那个篮子里我有了

第一个表达自我的动作,
伸出婴儿的舌头
因此而收获了(我现在都还能看到)
一朵大大的,其实很普通但是纯净的雪花。

天主教

一只负鼠总会在意想不到的时候出现,
沿着通向房子的小径走来
大白天里,小鬼魂似的
拖着长长的尾巴,表情茫然。

他喜欢悄悄溜到木柴堆的后面,
但有时走得离窗户如此之近
而我正站在窗前,手里拿着酒杯
于是就开始回顾自己的罪过,有条不紊地

把每个戒律都重温一遍。
他到底有什么特殊之处
总是让我扪心自问,
在反省中想起我所有的过失?

也许是他那抖个不停的尾巴
那张白色的脸,但他牧师般迟缓的步履
也是一个因素,还有他细小的爪子,
说实话,更像是手,甚至有对生的拇指

可以握住坚果或是在地上挖一个洞
可以把行圣餐礼用的酒杯举过头,
甚至是递交一份文件,
眼看着他走近后门时我这样想,

他送来的不光是一张传票,而是一份
逐出教会的通知,写有我的名字和日期
用的是上好的意大利墨水
签名花哨得就像教皇身上的饰带。

卡拉拉

沿着海岸我们往南行驶，
第勒尼安海在右侧不远处颠簸起伏
亚平宁山脉则在左边升起，
其中一些山峦的面容已被采走，
一块块沉重的白色大理石
被切割出来，运下山
成排地堆积在高速公路沿途的场院里。

是否有人藏在里面？我在想，
这时我们超过了一辆菲亚特
然后又被一辆绿色的兰博基尼超过，
藏在那里，就像匹诺曹曾藏身于木头——
也许里面有一个大卫，只是名字不同，
或者是一位无名的女孩，正在跳舞，
或者是另外某人，正困在里面，等着面世。

是你在里面吗,戴着晨曦光晕的黎明,
只是刚磨好的凿刀还没有找到你?
是你吗,革命的精魂
挥舞着大理石做成的旗帜
一只脚把暴虐的长蛇踏平?
或者并没有人,没有人真的能
在纯白岩石构成的沉重黑暗里呼吸?

不久之后,我们站在一片宽阔的海滩上
雪莱的尸体曾在那里漂上岸来,
刚才所有的疑问都冲刷而去——
但后来我仿佛看到一位雕塑家
在那些石块间徘徊,背着双手,
然后觉得是时候开始工作
继续打造他心爱的英国诗人挺拔的雕塑。

来自亚热带的报告

首先,傍晚时的窗外
不会再看到落雪,
也不需要往房子里抱一堆堆的柴火
笨重如此你不得不用胳膊去碰开门闩,

而进屋之后,没有老妇人一样的铁炉子
等着早早吞食木头做的晚餐。

洗澡间清凉的玻璃隔板上
没有六边形霜花可供研究。

等着咖啡泡好的时候
我也无需穿上黑毛衣。

事实上,我穿着儿童服装到处走——

短裤和T恤,前面印着某个品牌的名字
向不知道什么人宣布是我。

太阳总是早早到来
而一场晚会之后总是不愿离开
甚至在我把每个房间都查看一遍
关掉所有的灯,做个鬼脸之后。

至于那些脖子又白又长的鸟?
他们无非就是转着头
在我走过的时候盯着我,
好像他们都知道我的密码
知道我出生的小镇叫什么。

今日一课

今天早上我才知道
玛丽安·穆尔曾经写过一首小颂歌
献给蒸汽压路机。她让那机器
在被它碾碎的颗粒上走来走去。
她一定是看了太多的动画片。
她还很挖苦地把它比作蝴蝶。

我更喜欢她对蜗牛说话的时候。
想象她在花园里穿着过时的黑色衣服
俯身朝前的样子就让人开心,
斜戴着她黑色的三角帽,
一本正经地跟缩在壳里的家伙说话。

但当我看到她站在蒸汽压路机的
大滚筒前,说些不太好听的话,

只能想到一个可能的结果,
因为我也认真研究过动画片。

而我比任何人都更不愿看到
压平了的玛丽安·穆尔晾在
晒衣绳上,或是作为陈列品
架在一家店铺的橱窗里。

漫步

无论这些飘浮不定的云是怎样
一会儿往东一会儿往西
在这个被树篱和果树围绕的蓝房子顶上飞过,

也无论这个世界怎样马不停蹄地
捧着头四下乱跑,
总有一只特别的知更鸟

每天早上都会出现在草地上
靠近前门的一方,如此有规律
他简直可以做灯塔的值班人或是一个钟表匠。

他可以是康德,如果个子不是这样小
而且一身羽毛 —— 当康德一头卷发从镇里走过
居民们可以根据他来给钟表对时。

这只鸟不会轻易被惊吓——
你得拍一下手掌他才会起身
飞到附近低垂的苹果树上。

因此我在想他是否会让我
在他的脖子上戴上一个小颈圈
然后带他去散步,先是在房子的四周

然后,当双方有了更多的信任,
再去到城里,走过那些身后跟着孩子
和循规蹈矩的狗的当地人,

我会用一根绳子轻轻地牵着这只知更鸟
等着横穿马路,待他从人行道
跳下,我们就一起往前走

不管人们在说些什么
甚至当我们在一家店铺前停下
欣赏镜子里自己奇怪模样的时候。

倒霉的旅行者

因为是去法国,所以我带上了
照相机以及刮须用具,
一些五颜六色的短内裤,一件带拉链的毛衣,

但每次我想拍下
一座桥,一个有名的广场,
或是某个骑马将军的青铜雕像,

总是有一个女人站在我前面
正对着同样的东西拍摄,
或者是莫名其妙的路人挡住我的视线,

总会有人或某物跑到我
和那飞扶壁之间,跑到我和河上的船,
小餐馆明亮的遮阳篷,意想不到的廊柱之间。

因此进入那小小的镜头之门的
不是路边的售货亭或祭坛上的装饰。
快门也没有抓拍住任何壁画或是洗礼池。

结果,此时唤起我对青春时代
那个灿烂夏天的种种记忆的,
就像一块块被重新吹亮的余烬,

是一个肩膀,一件雨衣的背影,
一顶宽边帽或是高耸的发型——
失去的时间就这样神奇地被寻回

通过一位警察外套上的纽扣,
还有我最得意的,
卢浮宫那位警觉的看守人的手掌。

独饮

　　步李白之后

这个步李白之后并不是
因为我没有交完所有的税
政府对我步步紧逼,

也不是在邮局排长队时
我跟在
前面的女人身后的意思。

李白,我并不是说
"您先请"
然后站在那里拉开

一扇厚重的玻璃门,
这些玻璃门形成长长的通道
分隔出很多个世纪。

不是的,步你之后
就是人们所说的
事情一件接一件的意思,

就像我写完这首诗之后
会停下来
举起酒杯向你致意。

因此让我回到
松树林里,手握着笔
独自迎风而坐。

说到底,你那一轮已经过去,
我这一轮也会很快结束
我之后还会有别人坐在这里。

写给我最喜爱的十七岁高中女孩

你有没有想过如果从你出生那天起
就开始兴建帕特农神庙
那么只要再有一年就可以竣工?
当然,这不可能由你一个人来完成,
所以,算了,你这样就很好。
我们都爱你,就因为是你。

但你有没有听说在你这个年纪
朱迪·嘉兰已经是一部片子挣十五万,
贞德正带领着法国军队走向胜利,
而布莱士·帕斯卡尔已经整理好他的房间?
呃,且慢,我是说他发明了计算器。

当然,往后的日子里你会有时间来做这些
在你从自己的房间里出来

开始舒枝展叶，起码是拾起你遍地的袜子之后。

不知为什么，我总是想起简·格雷
年仅十五岁时就已经是英国女王，
但她后来被砍头，所以千万别把她当作学习榜样。

几个世纪之后，也是在你这个年纪，
弗朗茨·舒伯特就已经在替全家人洗碗
但这并没有妨碍这个少年写下两部交响乐、
四部歌剧，还有两部完整的弥撒曲。

当然这是在奥地利，浪漫抒情时代
的鼎盛期，而不是我们所在的克利夫兰郊区。

说实在的，谁会在乎安妮·欧克利十五岁时就是个神枪手
而玛丽亚·卡拉斯十七岁就首次出演托斯嘉？

我们觉得你做你自己就已经很特别，
一边拨弄食物一边望着天空发呆。
顺便提一下，舒伯特洗碗那段是我瞎编的，
但这并不意味着他从来就不帮着做家务。

动物行为

那些只会靠静止不动
来躲避危险的动物里,
鹭鸶是人们喜欢的例子,
他站在水边,细瘦灰白,
跟周围的芦苇浑然一体。

还有白得像雪的白鹭,
他肯定认为可以
让自己白色问号一样的身体
从湖中消失
只要他一动也不动。

至于说到人
酒吧里那个安静的男人
只是偶尔抬起眼睛

还有那个穿着夏天的裙子的女孩
必须假装她并不在这里。

可我又有什么资格说这些,
最后离开晚会的火烈鸟,
迄今为止善于避开危险,
离开了小水湾和湖岸,
就像我端到室外的酒杯那样引人注目。

林肯

刚刚从我脑子里飞走的东西,不管是什么
没有留下任何痕迹,
空中没有留下飞行云
满地的新雪里没有足迹。

我唯一记得的
是在一本很长的亚伯拉罕·林肯传里
读到的一句话,
大意是说他的脸是如此之丑

结果在沃尔特·惠特曼的眼里
它变得很美,
但后来还有一句什么
让我把那一页书角折好

然后把书合上——
今天有如此多的事情我想不起来,
一队白色的鸟从岸边腾起
消失在太阳里。

写给安东尼·德沃夏克的短笺

作曲大师,我现在写个短笺告诉你
你那个 D 小调小夜曲
里面那些雄赳赳的段落
其后管乐器带来的甜美漫游

从来都没有让我激动不已,
但此时在飞往西雅图的长途航班上
和正在播放的这部瞎编的电影相比,
你的音乐让我成为一个更好的人

而不是另外一个我,
那个只会半张着嘴,瞪着死鱼眼睛,
把这部电影从头看到尾的人,
对脚下 33000 尺令人目眩的高空全然不觉。

我从来没有去参拜过你在布拉格的坟墓
就连东 17 街上你住过的公寓旧址
都没有去过,后来被拆除了
为了腾出地方给艾滋病患者修建医院。

所以我在此感谢你的乐曲
带来的升华,让我穿越云端
高高飞行在被公路切作两半的小镇之上
飞在被耕出很多圆环的田原之上。

你让我想起一只我曾经
久久地仔细观看的金丝雀,
想起我们隔着没有遮盖的鸟笼交流
一个往里,一个往外相互对视。

多美妙的时光,我当时想,
当金丝雀终于扭头去啄
小椭圆镜子里他自己的影子,
留下我独自回到我们发明的

各种各样浪费生命的方式——

至少有一万种,你说呢,

作曲大师,你的指挥棒,你疾走的铅笔,

还有那个壁柜,里面曾经挂着你所有的深色衣服。

周日散步

不仅是五彩的花圃

被今天来自湖边的微风吹乱

湖面本身也被吹皱,

后来还有泊船的库房和一棵很老的橡树

沉重的枝干垂落在地。

还应该提到我看到的

那位穿制服的校园保安在研究

校园地图,四周没有学生的影子。

离城再近一点,撑开遮阳蓬的店铺

和几座教堂,

其中一座顶着铮亮的十字架,

另外一座在预告下一场布道:

"你能随身带上何物。"

值得一看的奇事如此之多

但最耀眼的还是正午时的太阳

在天顶刻写出小小的圆圈,

小小的光晕,

还有那清爽的微风,

不知来自何处

也不知去往何方,

每片树叶都在摆动,每根树枝都低着头,

看着这些显然有所指的证明,

我不禁自问,我又能做什么,

手无蜡烛、脆薄饼、或地毯,

连一个告诉我该面朝何方的罗盘都没有。

建议箱

这事一大早就开了头,
而且是在咖啡店里,
那个常见的女服务员
把一杯咖啡打翻在我腿上之后说
关于这事你肯定会写首诗。

后来,还是上午,一位学生
说我应该写首诗
关于当时正在进行的消防演习
我们都站在楼外的草坪里。

到了下午,一位我不太认识的女人
伸手指着正在头上经过的飞船,
说关于那个东西你可以写首诗。

如果这些都还不够,
我和一位朋友经过
一个满脸都是刺青的男人时,
朋友转身说,这里来了一首诗!

为何大家都这么想帮我?
当天傍晚我在湖边不禁琢磨。

也许我应该写首诗
谈谈所有这些觉得自己知道
我在诗里应该写什么的人。

正在这时,暗下来的天光里
我看到一对鸭子
从芦苇丛里冒出来,游到开阔的水面,

赤褐色的雌鸭回过头来
正好看到我伸手在口袋里找笔。

我早知如此,她嘎地开了腔,带了点地方口音。

但谁又能责怪你听从自己的心声?

她接着说,

好了,去写一首可爱的诗,关于我和我先生。

奇力欧燕麦圈

一个明朗的早晨,我在芝加哥的一家餐馆
等他们端上鸡蛋和烤吐司时,
翻开《论坛报》,结果发现
我跟奇力欧燕麦圈同一年出生。

其实,我比奇力欧还大几个月
因为今天,报纸上宣布说,
是奇力欧七十岁生日
而我的生日是今年早些时候。

我已经能听到身后的窃窃低语,
他们看着我有些驼的背、一身旧衣服
哎,那个家伙比奇力欧还老
正如他们过去常说

哎，跟那些山丘一样老，
・・・・・・・・・
只不过那些山丘比奇力欧老很多
比美国人当早餐吃的任何燕麦都老，
而且那些山丘要高贵得多，恒常得多，

我这样推想着，一道阳光照亮我的橙汁。

窘状

出门时从水果盘里拣起
然后咬了一口的苹果
让我很有些失望,
里面软绵绵的,没有恰到好处的清脆。

昨天也许才是正好,
我想,看着手里的它,
留有我牙齿印的软软的红苹果,
就像在端详亚里士多德的半身雕像。

我想到了所有那些
因为能吃到这个苹果而感恩不尽的人,
还有那些为了能将它据为己有
而不惜置我于死地的人。

我也想到了全世界人口的
另外一小部分,
那些养尊处优
从来不会被有瑕疵的苹果冒犯的人。

于是我又咬了一口,一大口,
然后挥臂把剩下的苹果
扔到高大的树蓠后面,希望它正好落到
一个杀人凶手或是出来散步的富豪的头上。

神出鬼没

今天上午我一边在城里转悠
一边刻意模仿迈克尔·凯恩的神态,
然后不禁又想到她——

这么说好像她在一个很远的地方
或者失散在过去,或者兼而有之。

其实一小时前我还跟她在一起,
而且今晚我还会坐在厨房里
看着她脸被头发遮住

在平底锅里用黄油拌炒大葱
我还将为我们俩各倒一杯冰镇的白葡萄酒。

尽管如此,她确实有突然销声匿迹的前科

仿佛被一团迷雾卷走,比如我们经过
一排橱窗的时候,比如她会消失

在一道树篱或是晚会时的某个侧门之后。
而在超市的货架间常常也很难找到她。

像狐狸一样,她无处不在又无处可寻,
火红的尾巴总是逸出我的眼角,
这正是她喜欢拐过的一个角落
当路灯一盏盏亮起
而我在傍晚的人流里搜寻她的踪影。

她跟迈克尔·凯恩会不会一见如故?
我这样想着,走出一条小巷
看到她正坐在街头的椅子上盯着我。

在一群刚刚抵达的旅客里找一位友人：
十四行诗

不是约翰·威伦。

不是约翰·威伦。

不是约翰·威伦。

不是约翰·威伦。

不是约翰·威伦。

不是约翰·威伦。

不是约翰·威伦。

不是约翰·威伦。

不是约翰·威伦。

不是约翰·威伦。

不是约翰·威伦。

不是约翰·威伦。

不是约翰·威伦。

约翰·威伦。

挖掘

无论什么时候我到这幢房子
后面坡上的林子里去挖掘,
似乎总会挖出一些从前的东西——
一块碎瓷片或是一个没有塞的瓶子,

有时则是一块金属,也许被
修建这幢房子的养牛人摆弄过,
那是一百五十多年之前
内战在南边正打得难分难解。

因此我从不惊奇
当铲子触到一个生锈的门闩,
或是抽屉上的玻璃把手——
那是往昔的小手在挥动。

而今天，是一个埋在那里的玩具，
一辆小汽车，车顶凹进去一块
好几处油漆斑点表明它曾是蓝色。
旁边地上的一条毛巾裹着

我们家猫的尸体，我把她安放在
夏天树林间斑驳的阳光里，
为了她我还得把这个坑
加宽加深至少各一尺，

但此时我停了下来
托着一度是蓝色、现在挂着空挡的汽车，
想象那个在这里长大的男孩
然后发现塞满泥土的车轮有两个还能滚动。

中央公园

很难去描述公园里的那一天怎么就
被改变,当时我停下脚步去读
木马大转台旁的一个简介,
嘴唇默默地动着,就像是圣徒安布罗斯。

大转台在背景里旋转,
所有的齿轮、镜子和木马的头
都随着蒸汽风琴奏响的音符上升,
我从那简介得知,这个庞然大物
最初的设计,真想得出,竟是用一头
失明的骡子来驱动,拴在
转轮的拉杆上,关在一间土屋里
就在这欢快旋转的大转台的下面。

天色并没有因为这些信息而转暗

漫步者和在绿草地里踢球的人们
也并没有因此而陷入沉默。
连停下来看我一眼的人都没有,
但我的样子肯定很难看
满怀怜悯地站在那里
与其说是同情那个被套着的牲畜
日复一日地原地转圈,

不如说是怜悯自己身上那头盲目的骡子
不停地在黑暗里绕着——
有人喊我的名字时骡子就让我转身
或者让我神情木然地点头
或者呆坐在一条形状如天鹅的长凳上。

在某个地方,应该还有一扇门
通向那个地下室,
铁锁已经锈死,钥匙无处可寻,
门前堆满了去年的落叶,
室内的地上还有一线干草,
空中一股粪便的气味,昏暗中也许还有

一副没人记得的嚼子或缰绳挂在钩上。

可怜的失明的牲畜,我轻声哼着走出公园,
可怜的盲目的我,可怜的盲目的大地盲目地侧身旋转。

鹗

啊,羽毛浓密的褐色大飞鸟
头部如此白净耀眼,
你,栖息在湖边不远处
一棵树的顶端,

一旦等我把这条船开回码头
等我踏着草地里的小径回到房子里,
但在我拉开防风夹克的拉链
把挂在脖子上的望远镜取下来之前,

在我把手上的汽油洗干净,
告诉大家我回来了之前,
在我把轮船钥匙挂在钉子上,
给自己倒上一杯酒水之前——

我在想着来一杯伏特加苏打水加柠檬——
我会马上在我那本
北美洲鸟类插图指南上找到你
而且保证会记住你叫什么名字。

此与彼

今天早上我毫无感觉
除了内心自我的低声嗡鸣,
持续不断、毫无羞耻的来自胸腔的声音。

我甚至都不记得此时此刻
正在手术台上的朋友。

也就是说,正好可以去描写
太阳晒了一个星期后涌进来的云
在岩石上捶打衣服的女人
身后是她面朝大海的房子——

这些都是我现编的——
那些云,房子,那个女人,那些衣服。

又比如说悬挂在海港里的那些灯,
我曾经站在一艘帆船的船头看到,
当时就觉得不真实,现在更是如此。

即使我又回到船上的栏杆前
就像我此时坐在草地靠椅上,谁又会相信?

头顶遮天蔽日的枫树啊,你真的存在吗?
你呢,敞开的地窖门,
还有你,辽阔的天空,里面有太阳和消去的飞行云——
并不比那个假想的城市更真实
那里她正躺在无影灯下,
一个想象中的外科医生正忙着
打开她幻影般的头盖骨。

十九行诗

第一行总会保持不变,

但中间那几行可以消失,

而第三行,就像第一行,得反复出现。

这种诗天天有人写随处可见,

但无论是阴郁还是欢喜,

那第一行总是不变。

有些诗行似乎有横行的特权。

它们做的就是重复自己,

比如说,第三行,就是为了反复出现。

不管是像非洲灰鹦鹉那样叫喊

还是对着内心的耳朵唱得甜蜜,

你写下的第一行总是不变。

你可以从早一直写到晚
用没罩子的灯泡还是水晶灯都可以
但排第三的那一行必须反复出现。

但诗人又怎么可能真的别开生面
或者像浪漫船夫那样唱得兴致淋漓
如果第一行总是不变
而第三行一定要做最后的发言？

写于飞岬滩

至少可以说是写于飞岬滩的
大致范围之内,
肯定比我平日离那个海滩的距离

近很多,那里的海水
涨潮时会冲上沙丘
大量新鲜盐水就此溢进梅科克斯湾,

也很有可能比你此时所在之处
或你读这首诗时我所在之处
都离飞岬滩要近。

但说到底我需要离飞岬滩
或是任何海滩有多近
才可以写下这些诗句?

啊，飞岬滩，
我喜爱你名字里的每一个字，
更不用说你厚厚的白色海沙

还有那些双腿细瘦的水鸟们
迎风而立
沿着大海和海湾间的浅浅一线。

多么让人惬意
竟然骑上自行车就可以来到你身边，
尽管靠着这些公路骑车有点危险。

梭罗的小木屋靠近一个池塘。
维吉尼亚·伍尔夫曾站在乌斯河岸边，
而我在这里写下所有这些，

离飞岬滩真的不远——打的也许只要二十分钟
如果司机有办法找到这个地方——
那里的自然奇观是如此之多。

写于赫里福德郡一村舍旁的花园

好的,这次我可不是在开玩笑。
这里有些破破烂烂的户外家具,
一丛丛香石竹和粉红的绣球花,
还有金银花在明亮的蓝色门上怒放,
几只铁皮桶和装煤的篮子长满了
三色堇、薰衣草,还有柔软的蕨类植物——
可以说正是生机和荒废的完美结合。

你也不必为了画面完整而去祈求
一堵砖墙、一条碎石小径,或是摇摇欲坠的
废弃了的工具棚,因为这些都就在眼前
甚至还有一座少女端着水罐
露出一边乳房的水泥雕像,青藤爬满全身。
也许你唯一没有想到的,
既然你在那么遥远的地方,

是这只蜜蜂,她根本等不及
所有的牵牛花都在清晨的阳光中开放,
就匆匆爬进一朵如香槟酒杯般细长的
白色花,在里面停留了一阵
然后振翅飞走,身穿鲜明的金黄
配黑色的队服,宛如一位球员
越过前面的树篱奔向一个满是蜂蜜的核。

美国航空 371 航班

请谅解我的仁慈,
但有了此时的幻觉,即我和同机的旅客
正朝着荣光而去,
高高升起在这个云的王国之上
(空中城堡!里面发生的事情不可言说!)
而且以远远超出每小时 500 英里的速度,
也就是说你去上班只需不到一秒的时间,

我愿意饶恕身边的这个男人,
机上开始提供酒水之前他是如此讨厌
一页一页地翻他的报纸
发出啪啪的、军人式的响声,
也饶恕那个嚎啕大哭的婴儿,
还有坐在我身后一排的小女孩
不停地喊出高音 C 之上的 F 音,

她所有的同类都能轻易做到的事，
同时她还颇有节奏地踢我的座椅。

是的，我现在心地柔软，甚至
因为有艾娃的照料而充满感激，
这位身穿制服的空中送酒者，
此刻我们假若并不是被送往天堂，
至少是在加速穿过这片大陆
飞往洛杉矶——后院里长着橘子树，
女孩骑着摩托沿威尼斯大道轰鸣而去。

终于我们将开始最后的下降
（最后的下降！我想朝着艾娃喊）
进入有一百万天使的城市，
在那里世界可以终结或重新开始，
我几乎每天都会这样觉得——

生命的尽头其实只有几步之遥，
但在清晨的窗外
灌木丛上一朵新开的花盎然挺立，
我一直记不住它绚丽的名字。

济慈：或者说我如何重拾了消极感受力

我还记得第一次意识到
自己的消极感受力是多么地缺乏。
那是在一个长长的草坡上
旁边是一栋有角楼的石头建筑
里面装着英语系
乱七八糟的事情。

几只褐色的鸟在草地里啄食，
我置身此地，才十九岁
由于太注重自己的衣服
和女孩子们神经兮兮的神秘
因而无法跟这群普通的
一位同学指给我看的麻雀有何同感，
更别说认同我们这之前读到的夜莺，
在英格兰的树林里藏而不露。

那些日子里我是如此不能感同身受,
唯一可能具有的消极感受力
只会是消极的消极感受力,
我本来可以将其化作一个正能量
如果济慈没有如此肯定地宣布
正常的消极感受力就已经是个积极因素。

所有那些鸟无疑都已死掉,
不可能再在麻州的草地里
跳来跳去,

但今天下午我还在这里
看着一条狗在前廊下露出半个身子酣睡,
一条老了的棕色杂种狗,口鼻花白,
爪子在剧烈地抖动,
这时太阳正自顾自地落下
我都能看到他梦见了什么。
没错,我看着他跳过一堵石墙
去追赶一闪而过的兔子——
我栖身在高高的树枝
树在他梦中的风里摆动。

天体的音乐

收音机里的那个女人
又在老生常谈
抱怨丈夫从不听她说话,

她让我想起天体的音乐,
由七个音调组成的和弦,
每个音调代表一个看得见的行星,

自从宇宙的开始
那个和弦就一直在响
但我们从来就听不见,

因为,毕达哥拉斯说,
我们总是听到它
所以它听起来就是无声。

但假如那根唱针

从那些空中球体

转动着的槽纹里被拎了起来——

那么街头的人们

就会停下来并且抬头,

田野里的人们会停下来

在树林里爬山的人也会停下来

四下张望

好像他们是第一次

听到了什么,

而那位丈夫会放下

他举在眼前的报纸

看着一直

站在门口的太太

问道"你刚才说什么来着,亲爱的?"

往东

你旋转着我
就像旋转着手里的地球仪,
是的,我有另一面
就像是没人见过的中国,
就连我都没有见过。

因此请告诉我那边都有什么,
描写你看到的东西
我会闭上眼睛
于是也能看到,
那些牛车和飞舞的锦旗。

我爱你的嗓音
像小小的萨克斯管
讲述我不可能知道的事情

除非我一直往下

挖出一个横穿内心的洞。

度假中的赫拉克利特

完全有可能把你的脚
两次伸到同一个游泳池里,

抬起双臂跳水,甚至抱腿摔进
深水或浅水区,

想跳多少次就跳多少次
取决于这之前你喝了几杯。

台灯颂

啊忠诚的灯,在你的光亮里
我写作和阅读几十年,
飞碟般的你下腹部柔和发亮,
仗着沉沉的金属底座上的灯柱升起,

我从旧女友的母亲手下抢救出来的台灯,
她当时正准备把你当垃圾扔掉
从她位于峭壁上的公寓
那里俯瞰着起伏的太平洋。

还有谁伴随我的时间比你更久?
没有兄弟姐妹和孩子的我,
你和你那贴心的 60 瓦磨砂灯泡,
没有像我认识的其他人那样死去的你,

裹着一条浴巾
躺在汽车的底板上的你
我把车从婚姻的车道上退出
先往东再往南,开上双车道,然后是四车道。

多少个今天这样的夜晚,
我毫无睡意,你垂头看着稿纸
然后看水晶石,看造型是小猪的微雕,
还有青色瓷盆里奄奄一息的兰花。

但这个已成既往的惨淡背景
已无需多说,当我用拇指和两根手指
把握着此刻,
而蓝色的火车正在远方鸣笛。

是时候跃上马鞍,伙伴,
只待我把你的尾巴从插座里抽出,
是时候往西部策马而去,
远离笨嘴笨舌的男人们,

反复无常的女人们,
还有他们苟且偷生的喧闹,
让我们在某个河边寻到一片小树林——
只有你和我,枕着铺盖卷,天上洒满星星。

爱尔兰之诗

那天早上,苍白的天盖下
我听到有人在填涂墙壁,清晰的刮擦声
从我们那枝条纵横、满脸悔色的房子一侧传来。

厚重、冷峻的光里
整个白天时而涌动时而凝结,
秃鼻乌鸦的尖鸣披满羽毛
震撼着盐的波浪,海岸碧绿的臂弯。

我拎着水桶经过一棵分着叉
扭曲变形的树,往上朝着一所学校走去
它显赫如此,却虔诚地眨巴着眼睛
蹲坐在那里,潜心于求学之道。

但只是在后来,当我站在洗手台前

一群消瘦、浑身荧光的小母牛
在窗户外心无旁骛地游过，
所有的不确定才像一个铮亮的有螺纹的定位销
让我在旋转中明白了一切。

这时，我听到高低不平的门槛处
牛奶瓶一声若有若无的叮当
于是懂得了那些草地铃铛，
它们在雨云一般的狗舌草上颤动——
整个下午轻盈明亮，波纹起伏，水洼遍布。

葬礼之后

当你说你得来杯称得上是酒水的酒水
而不是喝一口白水一样的酒水,

我拉着你的胳膊来到街角的酒吧,
碰巧真是个称得上是酒吧的酒吧,

光线暗淡,几乎没人,小桌子靠里摆着,
我们喝着酒,一致认为刚才的葬礼

是个真称得上是葬礼的葬礼,什么都有,
弥撒,焚香和一大堆赞美之词。

你知道的,我一直把汤姆看作
真称得上是朋友的朋友,你说,同时举起

你那称得上是酒水的酒水,我附和说
汤姆确实远不是普通意义上的朋友。

我们也一致认为安吉拉的黑色连衣裙
典雅,但并非称得上典雅的典雅,

只是够典雅。好几个小时过去,
调酒师朝我们靠墙角的桌子

又端来一轮威士忌,
从他的围裙和圆滚的腰身

看得出他不只是个调酒师。
这确实是个称得上是调酒师的调酒师,

我们如此认定,称得上是酒水的酒水在午后的斜照里
晶莹如琥珀,很恭敬地发出称得上是叮当的叮当一声。

最佳倒地

是我们从前玩的一个游戏的名字
跟最喜欢的秋天落叶满地
完全没有关系,
那是属于别人的漂亮的红色黄色。

毫无关系,十一岁的我们
只是想被子弹射中
当我们以奋勇牺牲的姿势冲向
匍匐在树篱后面的枪手。

更好玩的,是成为那个枪手
把那些冒着枪林弹雨
冲过来的家伙统统干掉
一个个在年少的人生征途上突然止步

在那里痛苦地翻滚扭动
竭力模仿电影里
千姿百态的各种死法，
紧捂我们喷血的心脏

挺直身体，
然后纵身——好一段芭蕾舞——
跃到空中再跌落下来
倒在房子后面的草地里。

发明这个游戏的人
还精心设计
以确保其延续不断，
被枪手选为

最佳倒地的那位
就可以成为下一个枪手，
如此这般，要么开枪要么中枪，
拧着身上的牛仔衬衫

各显神通
让死亡显得好看
直到天差不多黑了
母亲喊我们回家。

法兰西

你和你点的冰冻香蕉，
你和你点的焦糖蛋奶。
我们可不可以干脆省掉甜点
回到奥尔赛酒店？

你和你点的苹果馅饼
还有你碟子里的奶油泡芙。
我们可不可以直接要账单？
难道你听不到时间的催命声声？

为什么要在餐桌边流连
不断往嘴里塞甜点
而所有真正的愉悦正在
348 号房间把我们等待？

虎视眈眈

仅仅因为我死了并不意味着
我不再存在。
刊登在报纸边角里的
那些悼词和讣告
让我觉得比任何时候都生机勃勃。

我在此,以某种方式,
也许像一阵风
搅动树顶的叶子,
把帽子吹翻到街头,
或者驱散溪流上飘着的一团蜉蝣。

我最喜欢的一点
就是你现在知道你无法
再像从前那样蒙混过关

比如已经是晚上十点
而我不知道你在哪里。

我洗耳恭听，你那时总是说
·　·　·　·　·
当你根本不想听的时候。
现在你知道我是虎视眈眈，
四面八方都盯着，
有一只眼睛专门跟踪你。

六月的罗马

那天上午,在童贞女圣多萝西娅教堂
值得留意的东西真是很多——

一座戴着电灯泡光环的玛丽亚雕像,
一幅褪色的画,描绘飞行的圣徒,
原来是来自科佩蒂诺的约瑟夫,
还有侧面祭坛上方的一幅图
标题是《因为音乐而迷醉的圣弗朗西斯》。

但给我印象最深的
就像额头被一颗鹅卵石击中
是意识到这个教堂的穹顶
从上而下的简朴图案

跟西班牙台阶旁的一间房子里

天花板上的图案一模一样，
济慈死在那里，而就在前一天
我还站在那里抬头仰望。

那图案只不过是一排
方格，每一格里雕刻着
一朵白色的花，衬底是蓝色，
但在牧师布道的整个过程中
（根据我能听懂的意大利语
他讲的要么是迦拿的婚礼
要么是五饼二鱼的奇迹）
我一直目不转睛地看着
躺在病榻上的《海伯利安》的作者
在被肺结核吞噬时看着的同一个图案。

哪怕只是为了看到卧床不起的济慈
在从此便无济慈之际所目睹的事物
也就值得来到罗马，
此后只剩下还没有被海浪吞没的雪莱，
拜伦，在他的希腊狂热之前，

和比浪漫主义运动还要长寿的华兹华斯。

抬头仰望真很值得,在教堂外面我这样想
那边有一个男人正坐在椅子上读报纸,
一个女人在骂她的孩子,
而阴霾密布的天空,在特拉斯提弗列区
狭窄的街道上看得到的天空,正在渐渐地
散开,露出一块块蓝色
和偶尔间一闪而过的罗马的阳光。

深海

这张各大洋地图上的标注都是反着的——
陆地是黑色的,除了各大陆的名字
而涂成蓝色的水域部分
有地貌特征,甚至有地名

比如百慕大海隆,这名字听着毫不可怕
就像科科斯海岭,但你是否愿意独自一人
去那个瓜福断裂区探险?
而在那些众多的高原和海底山峰——

福克兰岛,曼宁山,亚速尔群岛——
你只能看到水,如果运气好
透过深海潜水头盔前的护栏
还可以看到一条大鱼吞食一群小鱼。

至于深度：假如夏日里你喜欢仰天浮在水面，
那么在水面以下 4000 尺，
我们进入午夜区，安康鱼在那里
安静地祈祷，吸引新的猎物，

再往下走几英里，你就会到达
被称作深渊的地方，据说海参
在那里上下游动，忙着自己的事情
除非是为了蒙蔽攻击者而发出一些光

然后就消失在漆黑之中。
什么样的攻击者，我知道你会问，
会跑到那么深的地方去打搅海参？
这正是我为什么把这张地图揉作一团

塞进了金属做的垃圾篮，然后出门
沿着洒满阳光的小径去散一大圈步
呼吸沙漠高地稀薄的空气，四周是
刺柏树，野花，那只雄健的鹰。

俳句集里的作者简介

> 遛狗的时候,
> 你自然就会遇见
> 好多好多狗。
> —— 湘子

一位是十七世纪时的医生
因为跟荷兰商人做生意而身陷囹圄。
一位酷爱清酒然后在晚年
遁入某个寺庙的层层门洞。

另一位是个货运代理
丈夫死后做了尼姑。
好几位在世时都是武士
善于长枪、短剑和马术

也精于诗、书、画。
这一位八岁就开始写诗,
而那一位是小有名气的米商。
一位是农夫,另一位开了个药铺。

但关于我最喜欢的诗人湘子
却没有任何信息,
连大约的生卒年份和一个问号都没有,
这让我在读了他这首完美的小诗之后

只能茫然若失地望着墙。
无论你是埋头啃读柏拉图,
还是专心研究圣十字约翰,
你都不会发现一个比

遛狗时,你遇见好多狗更颠覆不破的真理
或者,我可以说,更让人开心的真理。
如果我是老师,手头有一个
应该被惩罚的学生,我会让他

在黑板上写上十万遍

遛狗时,你遇见好多狗
··· ·······
或者一直写到这孩子发现

这根本不是惩罚,而是一个奖赏。

而如果我是那个学生

手里握着一截粉笔

准备开始把黑板一块块写满,

我会先站到那扇高高的窗户边

看同学们在操场里追来跑去

互相喊着对方的名字,

秋天的大树庇护着他们的嬉戏,

这一切都将是如此清晰,多亏了奇才湘子。

十二月的佛罗里达

晚餐吃得很迟,
之后我散步来到湖边的这个小码头——

云朵像薄纱般在星星前飘过,
不时有一架飞机
从左往右穿过眼前的景色,
右侧机翼上的绿灯
逆着这柔软的风往市属机场降落而去。

这些永恒的星星,
往回走的路上我这样想着,
和那些缥缈四散的浮云,
我继续想着,双手握在背后
像不清楚是研究什么的一位教授。

这时我离房子已经很近——
温暖、琥珀色的窗户,
圣诞树上清冷的小灯泡,

很开心看到了那些云,此时已经吹散,
也很欣慰头顶有那些星星,
在天穹里恒久而又旋转,
站在这幢房子的门槛上
里面有如此多的工作和希望,
足够平稳,在一片固定而漂移的天空下。

独自用餐

独自吃饭,独自噎住。
—— 阿拉伯谚语

我当然宁愿在酒吧那边用餐,
但如此便会被专业人士
认为是一种心理抗拒,
于是我独自落座
在这张铺了白桌布的餐桌旁
服务员年纪较大、而且没有名字——
可谓独自用餐的理想状态
熟知这种小才干的人会这样说。

我既没带书也没带报纸
因为此时阅读会被看作作弊。

独自用餐,他们说,就应该是独自用餐,
不应该由蒙田或是
总是引人入胜的南希·米特福德陪着。

我也没有不停地东张西望,似乎在等待
一个肯定不会出现的人——
那是意志软弱的表现
对严肃看待这件事的人来说。

那有什么回报呢?
我现在就有一个显而易见的例子
当我久久地凝神注视
举起的叉子上那块沾着杏仁片的鳟鱼肉。

而且我可以尽兴地晃动酒杯
直到里面的葡萄酒形成一个漩涡
就像十九世纪的油画描绘轮船在暴雨中沉没。

还有就是那些羡慕的眼神
来自那个跟人初次约会的男子

以及那对结婚很久、相对无言的夫妻。

我戳起一根沾满黄油的芦笋
心里想着今晚是否能看到月亮,
但此时拧开钢笔绝对不行
因为写作也同样
被真心倡导独处的人所不齿。

所有这些都得
等到我竖起领子,
在路灯下步行回家之后。
一直要到我听到前门在身后
砰地关上之后
才能在一个硬壳笔记本里——
跟我读小学时用的本子一模一样——
记下我对在陌生人之中
独自用餐这门技艺的诸种心得。

走运的家伙

从泳池边的甲板上
可以看到飞机从洛杉矶机场起飞,
每次父亲去那里看他的朋友,
他们俩就会拿着饮料坐在太阳下

一边消磨打高尔夫和晚餐之间的时间
一边打赌下一架飞机将会
朝左还是朝右飞,而如果猜中大奖——
飞机一直往前飞向大洋——那就赢双倍。

我跟他们在一起的那次,眼看着
一元的和五元的纸币不断转手
他们大笑着说"你这个走运的家伙!"
于是我又一次懂得了友情和金钱之间的联系

以及二者中谁更重要,让人开心
这当然不是说桑伯格写的六卷本
林肯传,或者说老子的数千言
就不同样是极好的老师,只是各有侧重。

"我爱你"

很早之前我就注意到
你总是这样告诉自己的每个孩子
当你跟他们打完电话
正如你也从来不会错过这一句
每当我们的通话就要结束。

这对一个独生子真很新鲜。
我从来没有听到父母这样说,
起码没有如此频繁,
也没有觉得没听到这句就不行。
几乎每天都说一声我爱你

会觉得显而易见得太奇怪
就像是你说我在看你
当你站在那里看着某人。

如果我的父母开始不停地
这么说,我肯定会为他们担心。

当然,我从来就喜欢听你说。
这从来就不是担忧的理由。
问题是我现在也常常用这句话回复
原因仅在于如果只说一声再见
然后就挂断让我显得很无礼。

正如抄写员巴特比,我宁可不
经常这么说,而更愿意把它保留到
特殊的时刻才用,比如当我纵身跳进
通红的火山口,而你一筹莫展
站在浓烟滚滚的火口边,

或者是我们绝望地手拉手
跟着飞机一头栽进墨西哥湾的时候,
这仅仅是我当时想到的两个例子,
但就已经足够,让我
此时此刻就要如此对你说,

而又有什么地方能比一首诗的最后两行
更合适,因为每个学生都知道,这里说才真正算数。

不神圣的十四行诗(一)

死神,你能引以为傲的一件事
就是在这本由柯姆斯编辑,1945 年出版的
《约翰·多恩英语诗歌词汇索引》中
你竟然占了如此多的篇幅。

你高耸的栏目如此盛气凌人、让人生畏,
(但"灵魂"和"爱"却使你黯然失色)
因为你出现的次数比人和生命都要多,
大致和上帝以及——匪夷所思的是——眼睛相当。

但没有人喜欢你的耀武扬威,
甚至包括这些一副学究气的栏目,
在这里,尽管多恩的诗领域繁多
每个词却都叹着气排回到字母表里。

比你可爱得多的是那些他只试用了一次的字词:
音节和瓷器,还有海滩,杯子,蜗牛,灯盏和果饼。

这若是份工作,我会被解雇

当你醒来时脑子里一片空白,
但还是不由自主地坐到你那法式玻璃门旁
落满阳光的椅子里,那就也许有必要
求助于别人来打开思路。

因此我翻开一本杰拉德·斯特恩
但并不想为了写我在 1940 年代的童年
而正视自己的年纪。
于是又读了默温的两首短诗

因而觉得自己应该
去街角卖三明治的店里谋一份工作。
而只读了一首西米奇,
其结局是一对男女站在屋顶

看着一个着火的孩子从窗口跳下，
就促使我把笔盖重新套上，
穿上运动裤去绕着湖边
散一圈步，同时考虑一个新的职业，

但在出门前我已经
你瞧，用五节各自四行的诗，告诉了你发生的一切——
这在一个工作日里可算是聊胜于无，
我这样觉得，同时兴冲冲地走出门去。

黑暗中的朋友

"应该建立口令和回令,以便在黑暗中确认友军。"
——罗伯特·罗杰斯,《丛林游击战规则》

这是多么难得的一个机会
来进一步阐释罗杰斯的意思,
把那些友军看作我们自己的朋友,把黑暗看作黑暗时代。

但这里面的材料还不够吗?这本
早期的关于游击战的手册,写于 1758 年
法国印第安战争正在进行当中,

而且至今还有人用,
那些必须徒步穿过
带敌意的旷野和有战事的树林的人还在用。

确实,在这个诡计多端的世界,我们是可以
"派遣一两个人作为前哨去侦查
该地域,拔营出发前要避免陷阱"。

至于从背面受到袭击的时候,
当然,"要立即调转方向",
从侧面受到进攻时也同样适用

其实我们常常是这样,不期被某位朋友打击
在黑暗中,或者直接当着面
在汽车旅馆的外面,售饮料机的光晕里。

但为何不换个角度,尊重其字面的意义,
让这些规则自我说明,
而不是因为其寓意而兴奋不已?

比如第二十条规则——
"经过湖泊时避免离湖水太近
因为敌人可能把你围堵在水边"——

我们难道不可以停下来充分想象一下
那些饥饿的丛林游击队员的困境
迷失在加拿大边境茫茫无际的荒原里，

风搅动着枫树，搅动雨水和危险的
气味，而谁都没有想到
他们的挣扎有一天会被人写下？

"避免常见的河道浅水区
因为这些地带通常有敌军把守"，
这也许会让我们想起自己在人生跋涉途中

被暗箭中伤的时刻，
但今晚我们只听从罗杰斯的规则
只找一个好的地方来涉水过河。

没错，说的不是人生的河流，
而是一条真的河，我们看不见的河
得奋力挥刀砍伐一大通才能走到它的岸边。

圣诞节时飞过德州西部

啊,远在下面的小镇
一条直尺般的马路穿你而过,
你那一堆无名的房子和圆形谷仓,
因为这飞行的高度而微缩至此
在这片烤焦的土地上
就如公元元年前后伯利恒的模样——

应该为你写一曲美丽的歌
唱诗班可以在教堂的楼厢里歌唱
唱圣诞颂歌的人可以在有积雪的房子前
围成半个圆圈欢唱。

你那华夫饼烤盘一样方方正正的街道里
肯定曾诞生过一位值得敬仰的人物,
他后来造就过一些小的奇迹,

比如把手放在孩子的头顶

或是替陌生人从烟盒里抖出一支香烟。

但也许最好还是不要写成一首赞美诗

或者把他的行为准则刻到石碑上

或者由穿袍子的人组成裁决团来解释他说过的话。

我们也不要把他的名字做成金叶

压印在羊皮纸上,或是把他的肖像挂在钉子上。

最好是飞过这座小镇时什么都不带

除了希望有人会拜访他的墓地

一年一次,推开那扇低矮的铁门

穿过一排又一排他人的坟墓

朝他走去

然后弯下腰在那块石头前摆上一些花朵。

最后一餐

那服务生一身黑衣
头戴兜帽,
我们求他再多给点时间,
他把笔从点菜本上抬起。

稍后他回来
问我们是否吃好,
我们都摇头说没有,
手中的叉子在空空的碟子上发抖。

转折词小议

此外不是一首诗开篇的好办法
尽管很多诗都是在中间某处开始。

其次不应该放在
你第二节诗的开头。

再者应该被视作
需要避免的词。

如前所述在诗歌中
几乎从来不会出现,这不无道理。

大多数诗会避开尽管如此
同样的情形也适用于

然而,无论如何,
其结果,不管怎样,

随后,
以及如我们在以上各章所见。

最后出现在最后一节的开端
只会于事无补。

综上所述(又一大忌讳)
诗歌不需要告诉我们到了哪里

或者即将发生什么。
举例来说,盛柠檬的白碗

放在靠窗的桌子上
就已经很好

总而言之,雨里站着七头大象
也很好。

名字

(为911事件中的遇难者及其身后的亲人而作)

昨天,我睁眼躺在夜的掌心里。
一场细雨悄悄来临,没有任何微风相助,
我看到窗户上银色如瓷釉,
于是从字母A开始,首先是艾克曼,
然后是巴克斯特和卡拉布罗,
戴维斯和易贝林,名字纷纷落下
就如暗夜中滴落的水珠。
打印在夜的穹顶上的名字。
绕着水湾悄悄流过的名字。
小河两岸的二十六棵杨柳。

早上,我赤脚走出房门

来到数以千计的花朵之间，

露水沉重，犹如噙满泪水的眼睛

每一朵都有一个名字——

黄色的花瓣上写着费奥里

然后是冈萨雷斯，韩，石川，詹金斯。

写在空气中的名字

被缝在白天的布面里。

贴在邮箱上的一张照片下面的名字。

绣在撕破的衬衫上的名字缩写，

我看到店铺的橱窗把你完整地拼写出来

也在这个城市各处展开的明亮的遮阳篷上拼写出来。

我转过一个街角，念出这些音节——

凯利，李，

梅迪纳，纳尔德拉，还有奥康纳。

我定睛往林中察看，

看到乱蓬蓬的一大堆树枝，里面藏着字母

就像给孩子们玩的拼图游戏。

帕克和奎格利挂在白蜡树的枝杈间，

里佐,舒伯特,托勒斯和厄普顿
是藏在古老枫树枝头的秘密。

写在黯淡天空的名字。
高楼间随着气流上升的名字。
在石头中沉默
或在房门后面被喊出来的名字。
在大地上吹过,飘往大海的名字。

傍晚暗下去的光线里,最后的飞燕。
湖面上的男孩举起船桨。
窗前的女人用火柴点燃蜡烛。
那些名字在玫瑰色的云朵里显现——
瓦纳科尔,华莱士
(让X来代表,如果可能,那些失踪的人)
然后是杨和兹敏斯基,Z带来的最终震撼。

刻在一枚针头上的名字。
一个名字横跨一座桥,另一个名字穿过一条隧道。
一个蓝色的名字被针刺进皮肤。

公民的名字,工人的名字,母亲和父亲的名字。

两眼闪亮的女儿和头脑机灵的儿子的名字。

开阔地里一排排绿色的按字母排列的名字。

留在鸟类浅浅的足迹里的名字。

从帽子里拿出来

或是在舌尖上平衡着的名字。

被轮椅送进幽暗的记忆库房的名字。

如此多的名字,心中的四壁已经无处容纳。

译注

献词页　　小小的灵魂：此诗据说是罗马帝国皇帝哈德良（Hadrian，76—138）临终时口授之作，也是他留下的唯一诗作。拉丁原文一般分为五行，千百年来，无数硕儒诗人曾将其译成英文。柯林斯此处引用的是美国诗人 W. S. 默温的译文。

第 16 页　　乐雅贵族：美国乐雅（Royal）打字机公司生产的一款高档产品。该公司于 1904 年创建，1939 年推出"乐雅贵族"（Royal Aristo-crat，字面意思为"皇家贵族"）款式。

第 38 页　　艾里克·杜尔斐（Eric Dolphy，1928—1964）：美国爵士乐手，萨克斯管演奏家。

第 41 页　圣巴塞洛缪（Saint Bartholomew，约 1—69）：耶稣的十二门徒之一，因为在亚美尼亚传教而被活活剥皮，然后钉在十字架上。

圣阿格尼丝（SaintAgnes，291—304）：出生于罗马，矢志信奉耶稣，十三岁时被迫害基督徒的罗马帝国处死。

第 46 页　康文垂·帕特摩（Coventry Patmore，1823—1896）：英国维多利亚时代诗人，以叙事长诗《家中天使》（1854—1862）闻名。

第 83 页　没有哪位法国作家咬了一口的饼干：法国作家马塞尔·普鲁斯特（Marcel Proust，1871—1922）在其著名长篇小说《追寻逝去的时光》中，描述了叙述者"我"在吃了一口名为玛德莱娜的小糕点之后，少年时的记忆被味觉唤醒的感受和经历。

第 89 页　我像叶芝那样把它们一一数过：爱尔兰诗人叶芝（William Butler Yeats，1865—1939）在《库尔的野天鹅》（1917）一诗中讲述了一个十月的黄昏，诗人看到在水上浮游然后突然飞走的五十九只天鹅时关于时间和生命晚年的感触。

第 98 页　珍奇·布莱恩特（Precious Bryant，1942—2013）：美国南方女民歌手，擅长吉他，以演唱蓝调和福音歌谣著称。

第 103 页　劳伦斯·费林盖蒂（Lawrence Ferlinghetti，1919—2021）：美国诗人、画家、出版家，属于"垮掉的一代"，其最著名的诗集为《心灵的科尼岛》（1958）。

第 115 页　菲利普·拉金（Philip Larkin，1922—1985）：著有诗集《向北之船》《受骗较轻者》《降灵节婚礼》和《高窗》等，被认为是继 T.S. 艾略特之后 20 世纪最有影响力的英国诗人。

第 118 页　胡安·拉蒙·希梅内斯（Juan Ramón Jiménez，1881—1958）：西班牙诗人，1956 年获诺贝尔文学奖。

第 136 页　奥维德的《美狄亚》：奥维德（Ovid，公元前 43—公元 17），古罗马三大诗人之一，晚年被罗马帝国皇帝奥古斯都放逐到黑海，原因不明，至死未能回到罗马。最著名的作品有《变形记》，《美狄亚》是他写下的唯一悲剧，早已失传。

第137页　没有像凯撒大帝那样变成一颗彗星：公元前44年七月，空中连续七天出现彗星，当时罗马人认为那是最近遇刺身亡的凯撒大帝（公元前100—公园前44）升天的灵魂，史称凯撒彗星。

第141页　这首十四行诗中提到的"野鸡岭""鹌鹑瀑""狐狸坡"和"烟霭岩"等地名，在风格上模仿美国郊区一些新建居民小区的名称。

第161页　这只小猪猪去了菜场：广为流行的英语儿歌，歌词如下：

> 这只小猪猪去了菜场，
> 这只小猪猪留在家里，
> 这只小猪猪吃了烤牛肉，
> 这只小猪猪什么都没吃，
> 这只小猪猪呜呜呜一路哭回了家。

第 164 页　何塞·萨拉马戈（José Saramago，1922—2010）：葡萄牙作家，1998 年获诺贝尔文学奖，《失明症漫记》为其代表作之一。

第 179 页　终有一死：原文为拉丁文 Memento Mori。

第 184 页　但丁在《天堂篇》最后的诗篇中：《天堂篇》是中世纪意大利诗人但丁（Dante Alighieri，约 1265—1321）的名著《神曲》的第三部。在《天堂篇》第三十三歌"最后的景象"中，但丁得以觐见上帝。他看到三个不同颜色的光环，却深感语言无法描述自己所见。在那道"永恒的光"里，但丁似乎看到了人的面容，但发现自己的翅膀无力让他飞近细看。

第 191 页　我想到了《地狱篇》里的一段：《地狱篇》是但丁《神曲》的第一部，讲述诗人在古罗马诗人维吉尔的引领下，穿过地狱，目睹犯有各种罪孽的人的灵魂在那里遭受酷刑。

第 196 页　三一学校：位于纽约市，美国历史最悠久，最精英，也最昂贵的私立学校之一，创办于 1709 年，比美国建国还早半个多世纪。创办时的目的除了向三一教会区的贫穷孩子传授教义，也训练他们读书写字，帮助他们掌握一门谋生的手艺。

第 200 页　约翰·多恩（John Donne，1572—1631）：英国玄学派诗人；《日出》为其代表作之一。

第 203 页　维丝瓦娃·辛波斯卡（Wislawa Szymborska，1923—2012）：波兰女诗人，1996 年获诺贝尔文学奖。此处引用的是她的《履历》一诗。

第 204 页　他们没有一个被选拔进长曲棍球队：在美国的中学及大学里，长曲棍球一般被认为是家境富裕的学生喜欢的、相对小众的运动。

第 206 页　玩马可·波罗游戏的每一个孩子：这里指在游泳池玩水球（water polo）的孩子们大声喊着跟"水球"相近的"马可·波罗"。

第 208 页　芝诺（Zeno，公元前 490—公元前 425）：古希腊哲学家，以提出一系列违反常识的悖论而著称，例如"飞矢不动"说。

圣塞巴斯蒂安（Saint Sebastian，256—288）：天主教圣徒，被罗马皇帝下令遭乱箭射死。

第209页 威廉·巴勒斯太太身体的子弹，她头上瑟瑟发抖的苹果：巴勒斯（William Burroughs，1914—1997）是美国小说家，"垮掉的一代"文学运动的创始人之一。1951年开枪射杀了其第二任妻子、早期"垮掉的一代"最突出的女成员琼·福沃玛（Joan Vollmer，1923—1951）。巴勒斯一度声称是自己喝醉了时玩"开枪射击头上苹果"的游戏所致。

第236页 雪莱的尸体曾在那里漂上岸来：雪莱（Percy Bysshe Shelley，1792—1822），英国浪漫派诗人，三十岁时不幸在意大利中北部的斯佩齐亚海溺亡。

第239页 玛丽安·穆尔（Marianne Moore，1887—1972）：美国现代派诗人，以语言精炼，观察细微著称，在世时常常以头戴黑色三角帽、身着披风的形象出现在《纽约时报》《生活》《纽约客》等报刊杂志上。

第 251 页　沃尔特·惠特曼（Walt Whitman，1819—1892），美国十九世纪著名诗人，代表作有《草叶集》。1865 年美国总统林肯遇刺身亡后，惠特曼先后创作了四首诗表达自己的哀思，其中最有名的是《啊，船长！我的船长！》和《当紫丁香最近一次在前院里开放》。

第 253 页　安东尼·德沃夏克（Antonín Dvorák，1841—1904）：捷克作曲家，1892—1895 年旅居美国。

第 265 页　迈克尔·凯恩（Michael Caine，1933— ）：英国电影演员。

第 270 页　圣徒安布罗斯（Saint Ambrose，340—397）：亦称圣安博，神学家，米兰大主教，其写作的赞美上帝的拉丁文圣歌广为传颂，被称为"教堂圣歌之父"。

第 290 页　除非我一直往下 / 挖出一个横穿内心的洞：美国父母以前常跟孩子们说，如果你挖一个很深的井，就能通到中国。

第305页　圣多萝西娅（Saint Dorothy，279—311）：亦称凯撒里亚的多萝西娅，罗马帝国迫害基督徒时被处以死刑。临刑前，她让一个六岁男童把她散发着玫瑰和水果香的头饰送个一个嘲笑她的人，后者因此而忏悔，承认自己是基督徒，随后也被处死。

来自科佩蒂诺的约瑟夫（Joseph of Copertino，1603—1663）：天主教修士，据说能进入灵魂出窍、与神灵沟通的状态，当此时刻，他的身体会上升并在空中飘浮。

圣弗朗西斯（Saint Francis，1181—1226）：亦称亚西西的方济各，天主教最有名的圣人之一，方济各会的创始人，因为他对动物的爱护而被视为动物的保护神。

第306页　迦拿的婚礼：圣经故事，讲述耶稣和门徒去迦拿参加一个婚礼，当婚宴上的酒都用光了时，耶稣施行神迹，把水变成酒，门徒就此信服。

五饼二鱼的奇迹：圣经故事，讲述耶稣在传教时用五个饼和两条鱼让五千人吃饱的神迹。

《海伯利安》：济慈最终没有完成的史诗。

第 310 页　湘子：据日本诗歌翻译家、诗人田原考证，此处引用的应该是藤田湘子（1926—2005）的俳句作品。

第 311 页　圣十字约翰（Saint John of the Cross, 154—1591）：亦称"十字若望"，西班牙神秘主义者，诗人。

第 316 页　南希·米特福德（Nancy Mitford, 1904—1973）：英国小说家，传记作家。

第 319 页　桑伯格（Carl Sandburg, 1878—1967）：美国诗人，记者，传记作家，其六卷本《林肯传》于 1926—1939 年间出版。

第 321 页　正如抄写员巴特比，我宁可不：美国小说家麦尔维尔（Herman Melville, 1819—1891）短篇小说《抄写员巴特比：华尔街故事》的主人公，其口头禅是"我宁可不"。

第 323 页　柯姆斯（Homer Carroll Combs, 1907—1979）：

美国人,英国文学专家。

第 325 页　杰拉德·斯特恩(Gerald Stern,1927—):美国诗人。

默温(W. S. Merwin,1927—2019):美国诗人。

西米奇(Charles Simic,1938—):美国诗人,出生于塞尔维亚,亦有人将其姓译作"西米克"。

第 327 页　罗伯特·罗杰斯(Robert Rogers,1731—1795):北美早期爱尔兰移民后裔,军人,在英国与法国为争夺对新英格兰的控制权而进行的所谓"法国印第安战争"(1754—1763)期间,率领他组织的"罗杰斯游击队"与法国人作战并撰写《丛林游击战规则》。

图书在版编目（CIP）数据

漫无目的的爱：比利·柯林斯诗选 / (美) 比利·柯林斯著；唐小兵译. -- 上海：上海文艺出版社, 2023（2023.12重印）

（艺文志. 诗）

ISBN 978-7-5321-8756-0

Ⅰ.①漫… Ⅱ.①比… ②唐… Ⅲ.①诗集—美国—现代 Ⅳ.①I712.25

中国国家版本馆CIP数据核字(2023)第102334号

Copyright © 2013 by Billy Collins

Simplified Chinese translation copyright©2023

by Shanghai Literature &Art Publishing House

This edition published by arrangement with Random House, an imprint and division of Penguin Random House LLC, through Bardon-Chinese Media Agency.

著作权合同登记图字：09-2022-0940

发 行 人：毕　胜
责任编辑：肖海鸥
封面设计：尚燕平
内文制作：常　亨

书　　　名	：	漫无目的的爱：比利·柯林斯诗选
作　　　者	：	[美]比利·柯林斯
译　　　者	：	唐小兵
出　　　版	：	上海世纪出版集团　上海文艺出版社
地　　　址	：	上海市闵行区号景路159弄A座2楼 201101
发　　　行	：	上海文艺出版社发行中心
		上海市闵行区号景路159弄A座2楼206室 201101 www.ewen.co
印　　　刷	：	苏州市越洋印刷有限公司
开　　　本	：	1092×787　1/32
印　　　张	：	11.875
插　　　页	：	4
字　　　数	：	166,000
印　　　次	：	2023年8月第1版　2023年12月第2次印刷
I S B N	：	978-7-5321-8756-0/I.6901
定　　　价	：	58.00元
告　读　者	：	如发现本书有质量问题请与印刷厂质量科联系　T: 0512-68180628